[著者]三月みどり
[原作・監修]Chinozo
[イラストレーター]アルセチカ

齋宮透矢
いつき・とうや

相馬るいり
あいま・るいり
「サッカー部の勝利は私のおかげなんだよ！」
田中健司
たなか・けんじ

「健司くん、ありがとう」
桐谷翔
きりたに・かける

俺は桐谷先生の恋は報われて欲しい。
だって素敵な先生なのだから──。

再び公園にて、君に――

CONTENTS

シェーマ

三月みどり
原作・監修：Chinozo

MF文庫J

まえがき

「シェーマ」を手にとっていただきありがとうございます。

Chinozoです。

私はボカロPとして楽曲を投稿しておりますが、今作はその中の「シェーマ」という楽曲を元に、シナリオを組み立てた派生小説となります。

実は前作「グッバイ宣言」も同じで、その続きの作品という扱いになっておりますが、前作を読んでいない方でも読んで楽しんでいただける内容となっていますのでご安心ください。

本作のシナリオは私の案をもとに、前回に引き続き三月先生が最高のものへと仕立ててくださったのですが、そのもととなる私の案がとんでもなくて、会議中に一人で10分以上仮シナリオを語り続けるという愚行に関係者の皆様を困惑させてしまったあの時の私はまさに〝有害な人間〟でした。

そんな中素敵な作品にしてくださった三月先生には感謝しかありません。

また補足ですが、小説「シェーマ」の世界観についても、前作同様派生作品として作らせていただいたものになりますので、楽曲自体の世界観とは異なる点を念頭に入れた上でお楽しみいただけると嬉しいです。

それではぜひ、本作をよろしくお願いいたします。

[原作・監修]Chinozo

[口絵・本文イラスト]
アルセチカ

○プロローグ

もしも間違いがない人生を送れたら？

ふと俺は考えたことがある。もしそんな人生を送れたらどうなるんだろうって。
やっぱり何でも上手《うま》くいくわけだから、最高の人生になるのだろうか。
でも正直、一回も間違いがない人生を送れる人なんて絶対にいないだろう。
だって一度も小さな嘘《うそ》さえつかず、友達と喧嘩《けんか》もしたことがない人なんていないから。
人間は普通に生きているだけで、一回どころか何度も間違ってしまうんだ。

俺も間違いを起こしてしまった。

それもとても大きな間違いだ。
そして、落ち込んで、塞ぎこんで、身勝手に周りを妬んだりもした。
けれど、結局は間違ってしまった自分に対して嫌気がさして……。
当時の俺は何をしていても辛《つら》かった。

同時に、この苦しみからは抜け出せないんだって思った。
それが間違ってしまった者の報いだから。
だけど、そんな時『あの人』が教えてくれたんだ。
たとえ間違ってしまっても大切なことがあるってことを――。

第一章　過ちの告白

五月下旬。気温が段々と上がり夏が近づいてくるこの時期。

俺――田中健司《たなかけんじ》はサッカー部の中学最後の大会で、試合の真っ最中だった。

「高梨《たかなし》！　こっちだ！」

敵チームの選手たちに囲まれそうになっているチームメイトに呼びかける。

それに気づいた彼はすぐにこっちにボールを蹴り出した。

「健司！」

「おっけ！　ナイスパス！」

綺麗《きれい》なグラウンダーのボールが足元にピタリと収まる。

ここから一気に攻めたいところだが、次に敵チームはあっという間に俺を囲んできた。

「こいつはフィジカルもドリブルも大したことない！　強気で前に出ろ！」

直後、囲んできた選手たちの一人が指示を出す。

なかなか酷《ひど》いことを言ってくれる。まあ合ってるんだけど……。

「まずいな……」

スコアは1－1の同点。試合時間はもう延長戦に突入して、後半のロスタイムに入っている。たぶん残りは二分くらい。ここで時間を使わされるとＰＫ戦に突入か……。

　うちはあんまりＰＫって得意じゃないんだよなぁ。

　ってなると、うちとしてはここで絶対に得点しないといけないわけで……。

「頑張れ～!!　きぬ～!!」

　不意に女子の声援が聞こえてくる。『きぬ』っていうのは、俺のニックネームだ。

　周りは選手の指示やサッカーコートを駆ける足音でうるさいはずなのに、彼女の声だけは不思議とはっきり耳に入った。……頑張ってみるか。

「きぬ！　こっち！」

　声がした方を見ると、うちのチームのキャプテンであり、エースストライカーであり、俺の親友――齋宮《いつき》透矢《とうや》が手を挙げて呼んでいる。

「フォワード《透矢》にボールを出されるとマズイ！　早く前に詰めるぞ！」

　さっき俺のことをバカにした選手が再度指示を出すと、囲んでいた選手たちが一気にボールを奪いにくる。

　俺が見くびられて、透矢が警戒される。何度も見た光景で、いつもの光景だ。

「透矢！」

　名前を呼んだあと、囲まれていた俺は真正面からボールを取ろうと足を出してきた選手に対して、真っすぐにボールを蹴り出した。

相手は一瞬戸惑った表情を見せるが、ボールは綺麗《きれい》に相手の股の下を通って透矢《とうや》の下へ。

「ナイスきぬ！」

「頼んだぞエース！」

エールを送ると、ボールを受け取った透矢は物凄《ものすご》い速さでドリブルしていく。

「あいつを自由にさせるな！　止めろ！」

俺の目の前にいる選手が慌てたように指示を出す。

直後、容赦なく前線を進む透矢の前に、敵チームの選手たちが立ちふさがった。

人数は三人。普通ならパスを出す場面だけど……透矢は違った。

「なっ⁉」

一人目は単純なスピードで抜き、

「嘘《うそ》だろ⁉」「くそっ！」

二人目と三人目は巧みなフェイントを駆使してあっという間に抜いた。

さすがボールを持たせたら最強のうちのエースだ。

「キーパー！　止めろ！」

相手のディフェンスが全て抜かれたせいで、透矢の前に残っているのはキーパーのみ。

キーパーは透矢のシュートコースを塞ごうと、思い切って前に出てくる。

それはたぶん悪い判断じゃない。

ただ相手の動きを見た透矢は優しくボールを蹴り出した。

ボールはふわりと浮き上がり、キーパーの頭上を通過。

美しい弧を描いて、そのままゴールへ吸い込まれた。

「よし！」

透矢は控えめな声と一緒にガッツポーズをする。

もっと喜べばいいのに、と思うが、いつも彼はあんな感じだ。

「さすが透矢！　ナイスシュート！」

「やっぱりうちのエースは最強だぜ！」

チームメイトたちが勝ち越しのゴールを決めた透矢を称賛する。

残り時間はもう一分もない。気を抜かなければおそらく俺たちの勝ちだろう。

「ナイスパス！　きぬ！」

透矢がこっちに向かってグッドサインを出している。チームメイトが誰一人として俺のことなんて口にしない中、彼だけがそうやって称《たた》えてくれた。これもいつものことだ。

「透矢もナイスシュート！　さすがうちのエースだな！」

俺の言葉に、透矢は手を挙げて応えた。

そして、俺たちは残りの一分を危なげなく守り抜いて試合に勝利した。

これで都大会の決勝に進出。念願の全国大会まであと一勝にまで迫ったのだった。

◇◇◇

「ナイスゲーム！　よくやった！」

試合後、帰るために俺と透矢《とうや》が住宅街を歩いていると、パチパチと手を叩《たた》いて褒めてきたのはサッカー部の監督——ではなく、一人の美少女だった。

「なんでお前がそんな上からなんだよ」

「だって今年は私が応援したらいつも勝つでしょ！　つまりサッカー部の勝利は私のおかげなんだよ！」

美少女はご機嫌そうな表情で自慢げに答える。

彼女の名前は相馬《あいま》るいり。先ほど試合で声援を送ってくれていたのは彼女だ。

手入れされた艶やかな髪を背中まで伸ばしており、くりっとした瞳。

端整な顔立ちは、どちらかというと可愛《かわい》い系で、どんな男子にもモテそうな感じだ。

るいりとは幼い頃——物心がついた時くらいからの付き合いで所謂《いわゆる》、幼馴染《おさななじみ》ってやつ。

昔から何をするでも一緒で、俺は小学校からサッカーをしているんだけど、その時からるいりは必ず試合に応援に来てくれる。

「でも、るいりが来てくれた試合って本当に負けなしだから、僕はるいりはうちの勝利の女神だと思うな」

　爽やかな声で言ったのは透矢だ。でも、るいり自身が言ったように今年だけなんだよなぁ……。去年も二年前も、るいりが来ても普通に負けてたし。今年限定の勝利の女神ってアリなのか？

「さすが透矢くん！　私のことわかってるね～！」

「でしょ！」

　そんなやり取りをした後、透矢とるいりは笑い合う。

　透矢は小学校五年生の時、俺とるいりがいる小学校に転校してきた。それから家が近所だったということもあり段々と仲良くなって、今では三人で一緒にいることが当たり前になっている。

「でもね、おふざけなしで言っても、ほんとに二人ともすごかった！　透矢くんはナイスドリブルとナイスシュートだったたし、きぬのパスも最高だったよ！」

「透矢のドリブルとシュートはマジでえぐかったよな！」

　俺はるいりの言葉に同調する。俺が小学校からサッカーを始めたのに対して、透矢は中学からなんだけど、元々彼はスポーツセンスが抜群だったので、あっという間に上達していった。

　今ではサッカー部の頼れるキャプテンで絶対的エースだ。

噂《うわさ》によると、複数の強豪の高校から推薦の話もきているらしい。

透矢《とうや》は俺に気を遣ってか、そういう話は全くしてくれないんだけど。

「僕なんかより、きぬのパスの方がすごかったよ！　相手の動きよく見てたよね！」

「俺の方こそ大したことねーよ。三人抜きもループシュートもしてないし」

ついでに言えば、俺は相手に舐《な》められてたしな。

だから、股抜きのパスも通ったのかもしれない。

「なに言ってるのさ。そんなことな――」

「そんなことないよ!!」

るいりが近くまで寄ってきて大きな声で主張してきた。ってか、声デカッ!?

「なんだよ急に……。鼓膜が壊れそうになったんだけど」

「だって！　きぬが意味わかんないこと言うから！　今日はきぬも頑張ってたじゃん！」

「まあ頑張ってたかもしれんけど、別に俺は――」

透矢と比べると本当に何もしていない。そう言いかけると、

「私知ってるんだよ。きぬが誰よりもたくさん走って攻撃も守りも一生懸命やってること」

「一生懸命って……そんなの誰だってそうだろ」

「ううん。みんな頑張ってるのかもしれないけど、絶対にきぬはチームの中で一番頑張ってるよ！　私が保証して進ぜよう～！」

るいりは胸に手を当てて自信満々に言ってみせる。いつの時代の口調だよ。

「それにね！　ミスしちゃった人を励ましたり、良いプレーをした人をいっぱい褒めてあげたり、きぬはそういうところもすごく頑張ってる！」

「っ！　お、おう、そうか……」

確かにチームの雰囲気を考えて、細かな部分に気を遣ったりしているけど……。

「るいりって、他人《ひと》のこと本当によく見てるよな」

「うん！　きぬの幼馴染《おさななじみ》として、きぬのことはずっと見てるよ！」

るいりはニコリと可愛《かわい》らしく笑った。

唐突に見せたその笑みに、一瞬で鼓動が跳ね上がる。

そういう意味で言ったわけじゃないんだけど……。

「きぬって本当に良い幼馴染を持ったよね」

るいりに続いて、透矢もそんなことを言ってきた。

「何言ってんだよ。幼馴染だったら透矢もそうだろ」

「え……うん、まあそうだね。忘れてたよ」

透矢は頭の後ろに手をやりながらうっかりとばかりに笑う。

もう何年も一緒だっていうのに、忘れるなんてひどいやつだ。

「でも、るいりが言ったように今日の試合はきぬのパスがあったから、僕は自由にドリブルができてゴールを入れられたし、試合にも勝てたんだよ」

「そ、そうか？　それは言い過ぎだと思うけどな」

「そんなことないって。きぬのパスは欲しい時に必ず僕に届くんだ。いつもありがとう！」

「っ！　……そ、そりゃ良かった」

透矢《とうや》の言葉に、俺は照れくさくなって目を逸《そ》らしてしまう。

なんだこのイケメン。俺を惚《ほ》れさせるつもりなのか。

「ちょっと、きぬ！　私の時より嬉《うれ》しがってる気がするんですけど！」

「は？　そりゃ透矢に褒められたら嬉しいに決まってんだろ」

「何それ～！　私の時ももっと嬉しがってよ！」

「嫌だ。お前、すぐ調子乗るし。じゃあ今度なにか奢《おご》って～!とか言い出すし」

「調子に乗らせてよ～！　なにか奢ってよ～！」

「いーやーだ！」

二人で言い合っていると、透矢がクスクスと笑い出す。

「二人とも本当に仲が良いね」

「仲が良いっていうより腐れ縁だけどな」

「すごい小さい頃からずっと一緒だもんね」

るいりが言った通りだ。気づいたら既に彼女が傍《そば》にいた感覚。

たぶんあっちも同じように感じていると思う。

「……ずるいな」

透矢がぽつりと呟《つぶや》く。

……でも、声が小さすぎて言葉が聞こえなかった。

だから、俺が透矢に何を言ったか訊《たず》ねようとした時――。

「いけない！　もうこんな時間だ！」

唐突に、るいりがスマホを見て大声を出した。

「どうした？　もしかしてまたゲームか？」

「ご名答！　実はこの後ネットの友達とゲームする約束してたんだよね！」

「お前……もし今日俺たちが試合に負けてたらどうしてたんだよ」

「その時は約束を断って、二人を慰めてあげましたとも！　特にきぬくんにはおしゃぶりとガラガラを使ってよちよちして――」

「慰め方が赤ちゃん!?」

今日の試合に負けなくてマジで良かったわ。幼馴染《おさななじみ》に黒歴史を作らされるところだった。

「今日はほんとにおめでとう！　次の試合も絶対に応援に行くからね！　じゃあさらば！」

るいりは手をぶんぶんと振ったあと、すたた、と忍者のようにこの場を去ってしまった。

どんだけゲームしたいんだよ。

「るいりって本当にゲーム好きだよね」

「だな。サッカー部のマネージャーと放課後のゲームを悩んで、結局ゲームを取ったやつだからな」

「僕たちはゲーム以下ってことだね」

「ぐっ……まあ確かに」

るいりのゲーム好きはその辺のゲームマニアと違って群を抜いている。俺も小さい頃から彼女に付き合わされて、一緒にゲームをしていた。酷《ひど》い時は一日中やらされたなぁ。

……だけど、その分るいりも俺がやりたいことに一日中付き合ってくれたりもした。

サッカーを始めたての時、上手《うま》くなるために自主練をしていたら、平日だろうが休日だろうが毎回手伝いに来てくれた。

『きぬ』っていうニックネームも、るいりが付けてくれたんだ。

まあニックネームって言っても、るいりと透矢《とうや》しか呼んでないんだけど。

小学生の頃、まだ透矢が転校してくる前。同級生に名前が普通だねってバカにされて、俺は自分の名前にコンプレックスを抱いていた。

すると、俺のゲームのプレイヤーネームが『KN』だったから、そこから取ってるいりだけ『きぬ』ってニックネームで呼ぶようにしてくれたんだ。

いつも自由だけど、いつも誰かのためを想《おも》って行動してくれる。

そんな彼女のことが俺は――。

「ねえ、きぬ」

透矢が俺の名前を呼ぶ。

「ん？　なんだ？」

「……あのさ、近くの公園で少し話さない？」

「公園で？　帰りながらじゃダメなのか？」

訊《たず》ねると、透矢は首を縦に振った。

「うん、とても大事な話なんだ」

透矢は真剣な表情を浮かべている。普段からはっちゃけているわけではないけど、彼がこういう表情を見せるのは少し珍しい。

「わかった」

一体どんな話だろう、と疑問を抱きながら俺は頷《うなず》いた。

――だが、俺は知るよしもなかった。

この透矢の話がきっかけで、俺たちの三人の関係が大きく変わってしまうことを。

◇◇◇

俺と透矢《とうや》は一緒に近くの公園に移動した。

この公園は、俺とるいりが小さい頃よく遊んでいた場所だ。

るいりがゲームに出会ってからも彼女の母親の指示で、割と外で遊んだりしていた。

インドア派のくせに、るいりは運動神経がやたら良いからな。

そして、透矢が転校してきてからは三人でよく遊んだ公園でもある。園内は数人の小さい子供たちが遊具で楽しそうに遊んでいた。

「この公園、よく三人で遊んでいたよね」

「そうだな。サッカーしてたら、るいりが近所の家の窓ガラスに蹴り込んでめっちゃ怒られたよな」

「ははは、そんなこともあったね」

透矢は爽やかに笑う。……って、こんな昔話に花を咲かせている場合じゃない。

「……で、話ってなんだよ?」

「あぁ、そうだったね」

思い出したように言う透矢。

それから彼は少し緊張しているような表情に変わって――。

「きぬってさ、好きな人いる？」

思わず俺は吹き出した。

「は!? お、お前いきなり何言ってんだよ!?」

「だって僕たち思春期真っ盛りだよ。好きな人の一人や二人くらいいるのかなって」

「だとしても、いきなりだろ……」

つーか、大事な話ってこんなことかよ……。

「それで、きぬは好きな人いるの？」

透矢はもう一度訊《たず》ねてくる。彼の瞳は真っすぐにこちらを捉えていた。

どうしてここまで真剣に？と不思議に思った俺だけど、親友がここまで真剣な顔をしているんだ。ここは真面目《まじめ》に答えるべきだと思った。

「……いないよ」

「本当に……？」

俺が言葉を返すと、透矢は驚いたように訊《き》き返してくる。

「本当にいない。俺が好きなのはサッカーだけだ」

「……そっか。そうなんだ」

俺がもう一度ちゃんと答えると、透矢は呟《つぶや》くように言って納得する。

……けれど、これは嘘《うそ》だ。本当は俺には好きな人がいる。

いつもどんな時でも傍《そば》にいてくれる幼馴染《おさななじみ》の女の子。

俺はるいりのことが好きだ。

……でも、もしこの気持ちを言ってしまったら、三人の関係が変わってしまうかもしれない。たとえば透矢《とうや》が遠慮して一緒にいてくれなくなったりとか……。

るいりのことが好きだけど、俺は三人で一緒にいる時間も好きなんだ。

そんなことを考えると、とても本当のことを口には出せなかった。

「僕はね、好きな人いるよ」

「えぇ⁉　まじで⁉」

こっちが頭を悩ませて答えたっていうのに、透矢は衝撃のカミングアウトをしてきた。

小学校から付き合ってきて、透矢に好きな人がいた話なんて一度も聞いたことがない。

「相手、気になる？」

「えっ、そりゃ親友の好きなやつは気になるけど、無理に聞くのも良くないというか……」

「なにその気遣い。女の子みたいだね」

「あのな、俺はお前を思って――」

言葉の途中、ビシッと透矢が俺に指をさしてきた。

「な、なんだよこれ……」

羽ヶ丘
HANEGAOKA

「僕の好きな人はね、きぬだよ」

透矢《とうや》はイケボでさらっと明かしてきた。

あまりにも自然に言ってきたので一瞬、俺もまじかよ!?と驚いたが……。

「嘘《うそ》だな」

「あれ？　ちょっとくらいは信じてくれてもいいのに……」

「だって透矢、いまズボンの太ももの部分を掴《つか》んでたろ。それお前が嘘つく時の癖」

俺が指をさした先——俺の言葉通り、透矢はズボンをぎゅっと掴んでいた。

「ありゃ、また出ちゃってたか」

透矢はいたずらに失敗したとばかりに頭を掻《か》く。なにがまた出ちゃってたか、だよ。

「……まったく。いたずらするためにわざわざ公園にまで来ることなかったろ。陽《ひ》も落ちてきて寒くなってきたし、さっさと帰るぞ」

少し呆《あき》れながらベンチから立ち上がると、

「待って待って！　好きな人がいるのは本当だよ！」

透矢はまたそんなことを言い出す。

どうせまたいたずらだと思うけどな……。透矢ってそういうところあるし。

「じゃあ透矢の好きな人、言ってみろよ」

次もまた俺の名前を言ったり、なんか適当な答えが返ってくるに違いない。

俺はそう思っていた。

しかし――。

「るいり」

……は？

「僕の好きな人はね、るいりなんだ」

「ちょ、ちょっと待て！　どうせあれだろ。それもまた嘘でした〜みたいなやつだろ？　また俺を驚かせようたってそうは――」

「嘘じゃないよ。僕は本当にるいりが好きなんだ。ずっと昔からね」

透矢ははっきりと自分の気持ちを明かす。

すぐに彼の手に目を向けても、ズボンを掴んではいなかった。つまり、いま彼が語っていることは全て本当ということだ。

嘘だろ……。透矢がるいりのことが好きなんて……。

しかも、ずっと昔からってことは小学校の時からか？

そんなの全然知らなかったし、気づきもしなかった……。

「それでここからが本題なんだけど……きぬ、僕の恋を手伝ってくれないかな？」

完全に動揺している中、透矢《とうや》がようやく言えたとばかりに訊《たず》ねてきた。

「……え、手伝うって」

「そのままの意味だよ。今までは三人で一緒にいたけど、ちょっとだけ僕とるいりの二人でいる時間を作って欲しいんだ」

「るいりと二人でいる時間……」

「うん。協力してくれるよね？」

透矢は期待に満ちた瞳で、こちらに手を差し出してくる。俺が断るなんて微塵《みじん》も思っていないみたいだ。でも、俺もるいりのことが好きで……。

「お、俺は……」

「僕たち、親友だよね？」

透矢がニコリと笑いながら訊ねてくる。

その笑顔からは、どこか圧のようなものが感じられた。

……そ、そうだ。透矢は俺にとってかけがえのない親友なんだ。

サッカーも小学校の頃からずっと一緒にプレーしてきて、たとえ俺が敵にバカにされても、透矢だけはいつだって俺のパスを信じてくれた。

だ、だから……だから、俺は――。

「お、おう。もちろん協力するぞ。俺たちは親友だからな」

結局、俺は透矢に協力することを約束して、彼の手を握ってしまった。

俺はるいりのことが好きだ……けど、だからって自分の気持ちを優先して大切な親友の頼みを断れるほど身勝手にもなれなかった。

それに、もしここで俺が自分の想《おも》いを明かしてしまったら、それこそ三人の関係が壊れてしまう。

そんなことになってしまうくらいだったら、自分が我慢する方がずっと良い気がした。

「ありがとう！　きぬならそう言ってくれると思ったよ！」

透矢は心底嬉《うれ》しそうに笑う。

そんな彼を見ていると、もう取り返しがつかないのだと気づきひどく胸が痛くなった。

「おう！　全力で手伝ってやるから頑張れよ！」

俺は胸の痛みを誤魔化《ごまか》すようにエールを送る。

大事な親友に好きな人がいて、それが俺の幼馴染《おさななじみ》なんだ。

もっと励ましてやらなきゃ。

そう思うと同時に……けれど、胸の痛みはどんどん増していった。

◇◇◇

透矢《とうや》に想《おも》いを明かされた翌日。俺と透矢、るいりは三人で一緒に登校した。

普段から、というか、小学校の時から俺たちはいつも三人で学校に行っている。

てっきり透矢がるいりと二人きりで登校させてくれ、と言ってくるのかと思ったけど、彼曰《いわ》く、いきなりそんなことをすると警戒されちゃうじゃん、とのこと。

それを聞いた時、俺は情けないことに少しだけ安堵《あんど》してしまった。

「おっ！　昨日のヒーローのご登場だ！」

三人とも同じクラスなので一緒に教室に入ると、クラスメイトであり同じサッカー部の高梨《たかなし》が指をさして言い出した。彼が示したのは透矢だった。

「え、なに？　僕？」

「ちょうど昨日の試合の話をしてたんだよ。いやぁ透矢のドリブルとシュートはえぐかった！　まじでエースって感じだったわ～！」

そんな風になぜか高梨が自慢げに話すと、

「透矢くんかっこいい～！」

「さすが透矢だな！」

「透矢はやっぱりすげぇわ！」

他のクラスメイトたちが称賛しつつ、一瞬で透矢を囲んだ。

おかげで傍《そば》にいた俺とるいりがはじき出される。

「いや、僕はただフォワードとしての役目を果たしただけで、そもそもチームメイトたちが僕までボールを運んでくれなかったら、ドリブルもシュートもできなかったし……」

「なに謙遜してんだよ。昨日は透矢のおかげで勝ったんだからもっと堂々としてろって！」

高梨がポンポンと透矢の背中を叩《たた》くと、クラスメイトたちもまた「透矢くんかっこい！」「透矢は最高！」みたいなことを口に出す。

サッカー部の試合の翌日は、だいたいこんな感じだ。

試合に勝つときは、必ず透矢がゴールを決めているからな。

それにそもそも透矢はスポーツセンス抜群、成績も常に学年で一桁の順位に入るくらい優秀、顔も爽やか系イケメン、さらには性格も紳士、と非の打ちどころがない人間なので、クラスメイトたちから絶大な人気がある。

だから今日みたいに透矢フィーバーのような状態になることは全く珍しいことじゃない。

当然ながら、俺はサッカーも勉強も彼には何一つ敵《かな》わない。

そして、そんな透矢のことを素直に尊敬していて、彼に憧れてもいる。

「ちょっとみんな！　昨日の試合は透矢くん以外にもヒーローがいるんだよ！」

不意に、教室に快活な声が響いた。るいりだ。

「は？　どこにいるんだよ？」

「ここにいるでしょ！　ここに！」

高梨《たかなし》が怪訝《けげん》な目を向けて訊《たず》ねると、るいりはボクシングで勝った人にやるみたいに俺の腕を天に上げた。何してんのこいつ⁉

「健司《けんじ》が昨日のヒーロー……？」

「そうだよ！　きぬのパスがなかったら透矢《とうや》くんのゴールはなかったんだよ！　つまり、きぬは昨日の勝利の演出をしたんだよ！　ファンタジスタなんだよ！」

るいりは必死に訴える。

いやファンタジスタは言い過ぎだし、絶対こいつ意味わかってない。

「まーた始まったよ。相馬《あいま》の幼馴染《おさななじみ》びいき」

るいりの発言に、高梨は呆《あき》れたように言う。

他のクラスメイトたちも同じようにまたかぁ、みたいな顔をしていた。

「なにその反応⁉　私は事実を言っているだけなのに！　きぬのパスがなかったら――」

「はいはい、お前の幼馴染自慢は聞き飽きたよ」

るいりが訴えている途中、それを高梨が手で制す。

「確かに健司はパスはまあまあ上手《うま》いし、そこは認める。……けど、それ以外は微妙だし、天下の透矢さまに比べたら全然に決まってんだろ」

高梨の言葉に、周りのクラスメイトたちもうんうんと頷《うなず》く。昨日敵に酷《ひど》いことを言われたばかりなのに、今日は味方にも言われてんなぁ。これ、泣いてもいいかな？

「そんなことないよ！　きぬは高梨くんが思ってるよりずっとすごくてスーパープレイヤーなんだから！」

「わかった、わかった。そういうことにしてやるよ。じゃあこの話はもう終わりな〜」

るいりにこれ以上突っかかられるのを嫌がったのか、高梨は強引に話を終わらせて周りのクラスメイトたちに解散するように促す。

クラスメイトたちも同じことを思ったのか、すぐにその場から散っていった。

「もう……みんな、きぬのこと全然わかってないんだから」

「あんま無茶《むちゃ》すんなよ。俺の心臓が持たないって」

「私はね、きぬがすごいってみんなに知ってもらいたいの！　それとも、その……こういうことされるのって……きぬは迷惑かな？」

るいりは少し顔を俯《うつむ》けて、不安そうに訊ねてくる。

サッカーの試合の翌日、るいりは透矢フィーバーが起こっていると必ず俺もすごかったってクラスメイトたちに言ってくれる。透矢がゴールをしている時は、だいたい俺のパスが通った時だから。

正直、るいりの行動はちょっとやり過ぎかもしれないけど……でも、俺は……。

「別に嫌じゃない。むしろ……その、ありがとな」

俺は恥ずかしくて目を合わせられないまま、お礼を言った。

すると、るいりはぱぁーっと明るい表情に変わって、

「うん！　これからはもっと！　きぬのことをみんなにアピールするね！」

「もっとは正直困るなぁ……」

そう言っているのに、るいりは嬉《うれ》しそうにニコニコしている。

次からはどんな風に俺のことをアピールしてくれるのやら。……ちょっと不安だ。

「ごめんね、きぬ。僕がもっと何か言うべきだったのに」

「いや透矢《とうや》は悪くないだろ。つーか、あいつらの言うことも当たってるし誰も悪くねーよ」

申し訳なさそうに謝ってくる透矢に、俺はそう返した。

パスがそこそこ上手《うま》いだけの選手。何も間違っちゃいない。

「それにしても、るいりは本当にきぬのこと大好きだよね！」

「っ！　べ、別に好きとかそういうのじゃないよ！　ずっと一緒にいた幼馴染《おさななじみ》だから自慢したいだけ！　きぬがすごいってことは、それはもう私がすごいってことだからね！」

「お前、実は自分のために俺のことを庇《かば》ってたのか⁉」

驚くと、るいりは「ふっふっふ」と悪役みたいに笑う。

なんの茶番だこれは。……まあ俺のことが好きじゃないっていうのは本当だと思うけど。

「はーい。全員、席に着けー」

教室の扉が開くと、担任教師が入ってきた。同時に、クラスメイトたちがみんな各々自

分の席に戻っていく。俺たちも同じように自分の席に向かおうとした時、

「昨日の件、よろしくね」

不意に透矢がるいりに聞こえないように、耳元で囁《ささや》いた。

振り向くと、彼はまた昨日のように笑顔を見せていた。

「お、おう。もちろんだ」

「頼んだよ、僕の親友」

そう言って透矢は笑顔のまま、自分の席へ歩いていった。

……なに俺はるいりと楽しそうに喋《しゃべ》ってんだ。

今日から俺は透矢の恋を応援して、るいりとくっつくようにしなくちゃいけないのに。

ふと視線を向けると、担任がホームルームの準備をする中、自分の席に座ったるいりが友達の女子たちと軽く喋っていた。楽しそうだな……。

それから俺は思った。

もし透矢とるいりが結ばれたら、果たして俺は彼女とあんな風に楽しく話すことはできるのだろうか。

放課後。本来なら都大会の決勝戦に向けて練習をするべきなんだけど、うちのサッカー部は試合の翌日は必ずクールダウンの日で部活は休みになっている。自主練も禁止だ。

監督曰《いわ》く、中学生は体ができていないため無理をするとすぐ怪我《けが》をしてしまうから、とのこと。休むことも練習のうち、監督の口癖だ。

そんなわけで、俺はるいりと透矢《とうや》と一緒にゲームセンターに来ていた。

るいりが三人で行こうと誘ってきたんだ。

ちなみに俺は小さい頃から、るいりと透矢とばかり遊んでいる。

理由は俺が他の人に誘われても、るいりと透矢のことを優先してきたから。

それだけ二人のことを大切に思っているんだ。

そう考えたら、俺って二人以外に仲良い人っていないんだな……。

「いえーい！　また私の勝ち！」

格闘ゲームの前で、るいりが嬉々《きき》としてガッツポーズする。

「お前、強すぎだろ……」

一方、彼女の対面に座っていた俺はぐったりしていた。

ゲームセンターに入ってすぐにるいりが俺に対戦を申し込んできて、断る間もなく格ゲーの前に座らされた。そうして10戦も彼女と対戦させられたが、見事に全敗した。

さすが毎日のように放課後ゲームしているだけある。

意味わからんハメ技を食らいまくって、俺みたいな素人じゃ全く太刀打ちできなかった。

「……って、俺はまたこんなことして」

透矢の恋をサポートしなくちゃいけないのに、るいりの行動のせいで全く上手《うま》くいかない。学校でも、なんとか透矢とるいりを二人きりにしようとしても、彼女が必ず三人で一緒に行動しようとする。

もしかしたら、るいりも俺と同じように三人の時間を大切に思っているのかもしれない。

それとも、単純にまだ俺に覚悟が足りないだけなのだろうか……。

「きぬ、ちょっとお願いがあるんだけど」

「っ！　な、なんだ？」

不意に透矢に声を掛けられて、心を見透かされたのかと思わずビビる。

「これから僕があそこのクレーンゲームをるいりと二人だけでやりたいから、きぬは適当な理由つけて帰ってくれるかな？」

「帰るって……でも、るいりのことだから、じゃあ一緒に帰るとか言いかねないぞ」

「大丈夫。そこは僕がちょっと強引に引き止めるから。お願いだよ、きぬ」

透矢は手を合わせたあと、頭を下げて真剣に頼んでくる。

親友にこんなことされたら断るわけにもいかないか……。

「……わかった」

「ありがとう！　きぬはやっぱり僕の親友だね！」

透矢が嬉《うれ》しそうな顔でお礼を言ってくれる。

それは本来、喜ばしいことなのに、俺の心は全く弾まなかった。

「悪い！　俺、ちょっと母さんに買い物頼まれてたから先帰るわ！」

俺はゲーム音が響く中、少し大きめの声でるいりに聞こえるように言った。

「そうなの？　じゃあ私もそろそろ帰ろ――」

「いやいや、るいりはまだゲーセン楽しんどけって。透矢《とうや》もいるんだし！」

俺が主張すると、透矢はるいりの傍《そば》に寄っていって、

「そうだね。きぬには悪いけど僕たちはもう少し遊ぼうか」

「えっ、でも……」

るいりはこっちを見るが、それを遮るように透矢が彼女の手を取り連れていく。

「お前気にしすぎ。俺は先に帰るからちゃんと楽しんどけよ。じゃあな」

そう告げると、俺は二人に背中を向けて歩き出す。

透矢とるいりの二人きりか……もう半分デートみたいなもんだよな。

そんなことを思いつつ、ゲームセンターの出入り口の前まで来た。

しかし、そこで俺は透矢たちがどうしても気になってしまい振り返る。

「るいりすごいよ！　クレーンゲームも上手《うま》いんだね！」

「まあね！　ゲームならなんでもドンと来いだよ！」

二人とも楽しそうに笑っていた。

特に透矢は俺と一緒にいる時には見せたことがない、楽しそうな表情を浮かべていた。

そっか……透矢は本気でるいりのことが好きなんだ。昨日、本人から聞いたとはいえ、実際にそういう姿を見てしまうと、また胸が締め付けられた。

それからも透矢とるいりは楽しそうにクレーンゲームを一緒にやる。

なんだ、こう見るとお似合いじゃないか。……って、当たり前か。

透矢はサッカー部のエース兼キャプテンで、頭も良いハイスペックイケメン。るいりだって、学年の中でトップレベルに可愛《かわい》いって言われてるし、俺や透矢みたいに彼女に想《おも》いを寄せている男子なんて何人もいるだろう。

そんな二人が恋人同士になったら、きっとみんな祝福すると思う。

「俺なんかじゃダメに決まってるよな」

昔から一緒にいた幼馴染《おさななじみ》ってだけで、勉強もスポーツも透矢に到底及ばない。

そんな俺なんかが、るいりに振り向いてもらえるわけがない。

だったら、いま親友の恋を手伝っている俺は正しいはずだ。

自分に言い聞かせるようにしながら、俺は一人ゲームセンターを出た。

それから連日、俺は透矢がるいりと二人きりになれるようにサポートをした。

これは透矢自身から聞いたことだけど、彼はるいりと二人きりになると、積極的に自分をアピールしたり、デートに誘ったりしているらしい。

しかし、急に態度が変わった透矢《とうや》にるいりも戸惑っていて、まだデートはできていないみたいだ。それでも透矢は毎日のように、るいりに自分のことを好きになってもらおうと頑張っている。

そんな親友の必死な様子を見ていると、最初は複雑な気持ちだった俺は段々とあることを思うようになっていった。

◇◇◇

「ただいまー」

とある日の放課後。サッカー部の練習から帰ってきて、玄関で靴を履き替えていると母さんが出てきた。俺の家庭はそこまで裕福ではなく両親は共働きで、練習が終わって帰宅しても家に誰もいないなんてことは普通にある。

……けれど、今日は母さんの方は早めに仕事が終わったみたいだ。

「おかえり。健司《けんじ》にお客さん来てるよ」

「お客さん?」

誰だろう?と思いつつ、リビングへ移動する。

するとソファに四十代くらいのダンディな男性が座っていた。

「松永《まつなが》さん！」

「健司くん、久しぶりだね」

ダンディな男性は少し色気のある大人っぽい声で俺の名前を呼んだ。

彼の名前は松永さんと言って、都内のサッカー名門校の一つである『帝城高校《ていじょう》』の監督だ。

そして、どうしてそんな名門校の監督が俺んちに来ているのかというと、なんと俺が『帝城高校』の推薦の話をもらっているからだ。

「すみません。今日もわざわざ来ていただいてありがとうございます」

「いやいや、君にうちに来てもらうためにはこのくらい大したことないよ」

穏やかに笑う松永さん。噂《うわさ》ではかなり厳しい監督だと聞いている。

でも、今まで何回か訪問してもらってるけど、そんな様子は一度も見たことがない。

「それにしても、前の試合の健司くんのラストパスは見事だったね」

「いえ、あれは透矢——くんが良いところにいてくれたので」

「それでも緊迫した場面で冷静に相手の股を抜きつつ、正確に透矢くんの足元に収まるボールを蹴るなんて普通の選手じゃできないよ」

この前の試合に来ていた松永さんは、少し楽しそうに俺のプレーをべた褒めしてくれた。

松永《まつなが》さんは俺のパスをとても評価してくれている。

今から約一年前。怪我《けが》をした当時の上級生に代わって俺は試合に出たのだが、その時もゴールに繋《つな》がるパスを三回通した。その活躍がたまたま試合を見ていた松永さんの目に留《と》まり、ありがたいことに俺は推薦の話を貰《もら》えたのだ。

正直、推薦の話は飛び跳ねるほど嬉《うれ》しい……でも、俺は——。

「それでどうだい？　うちに来てくれる気にはなったかな？」

「そ、その……すみません。まだ少し悩んでいて……」

松永さんから推薦の話をもらったものの、俺は決断できずにいた。

理由は、単純にお金の問題。『帝城高校《ていじょう》』の推薦には二種類があって、一つは学費やその他諸々の費用の大半を免除してくれる特別推薦。

これは即戦力として期待されている人に用意される。

そして、もう一つは高校への入学が確約されるだけの一般推薦で、こちらは金銭面の援助などは一切ない。

俺に用意された推薦の枠は後者の方だ。

そうなると私立の高い学費を全て払わないといけないし、『帝城高校』は自宅から通うには遠い場所にあるので寮に入って一人暮らしをしなければならないため、その分の費用もかかる。加えて、強豪校のサッカー部は遠征をよくするのでその分のお金もいる。

つまり、特別裕福でもないうちには相当な負担がかかってしまう。

両親は二人とも気にするな、と言っているけど、子供としてはそうはいかない。

「その……もし全国大会まで行けたら、俺を帝城高校の特別推薦に推してもらえるんですよね？」

「あぁ。絶対に特別推薦に入れるとはいかないが、私が上の人に話をしてみよう」

俺の言葉に、松永さんは首肯する。

松永さんとは、うちのサッカー部が全国大会に出場したら特別推薦の枠の一人に俺を推してくれるという約束をしている。

幸いにも、特別推薦の枠はまだ埋まってないみたいだから。

「私としては、いち早くうちの高校に入ることを決めて欲しいんだけどね。そうしないと推薦の枠はどんどん埋まってしまうから」

「その、すいません……」

「いや、こっちこそ君が有望な選手だからうっかり本音が出てしまった。すまんな」

俺が謝ると、松永さんも申し訳なさそうに言葉を返した。

「それよりも今度の試合も頑張ってくれ。期待しているよ」

「は、はい！」

俺は元気よく返事をする。

期待なんて言葉を、透矢《とうや》とるいり以外に言ってくれる人はこの人だけだ。

その後、松永《まつなが》さんは母さんと少し話したあと帰っていった。

たぶん推薦関係の話をしていたんだろう。

松永さんが帰ったあと、俺は夕食を食べ終えて自分の部屋にいた。

椅子に座って、以前に松永さんから貰《もら》った『帝城高校《ていじょうこうこう》』のパンフレットを眺める。

都大会には常連のように出場しており、全国大会にも十回以上出場、そのうち全国制覇を二度もしている。

「この高校に入れたら、きっと夢に近づける……」

俺には小さい頃からの夢がある。それはプロサッカー選手だ。

小さい頃、サッカー観戦が趣味の父親にスタジアムに連れていかれた。

すると試合が始まった瞬間、スタジアムは物凄《ものすご》い歓声が響き渡り、三百六十度サポーターに囲まれながら選手たちがグラウンドを駆ける姿を見て、俺もあの選手たちのようになりたいと思ってしまったのだ。

それがきっかけで俺はサッカーを始めて、とにかく練習した。

たとえ他の人と比べて才能がないとわかっても、必死に練習をしたんだ。

そうやって培ってきたものが、偶然でも強豪校の監督に評価されて良かった。

サッカーを頑張ってきて本当に良かった。

「次の試合、絶対に勝たないとな」

パンフレットを眺めながら、俺は決意を固める。

次に勝てたら『帝城高校』に特別推薦で入れるかもしれないんだ。そうしたら、両親に負担をかけずに高校に入っても全力で夢を追うことができる。

もしダメだったら……その時は両親に心の底から感謝して、一般推薦で『帝城高校』に入れてもらうしかない。そのことは二人にはもう話は済ませてある。

「っ！」

不意にスマホが鳴った。画面には『透矢』の文字。

きっとるいりについての相談だろう。

「よし、決めた」

これから、俺はもっとサッカーを頑張ろう。

そして、るいりへの気持ちはもう忘れよう。今日、松永さんと会ってそう思った。

それに最近、透矢は物凄く頑張ってるいりにアプローチをしている。何の行動もせずグダグダ一緒にいただけの俺とは大違いだ。

だったら透矢の親友として、俺はちゃんと彼の恋路を応援するべきだろう。

「もしもし、健司《けんじ》だ」

強い決意を固めたあと、俺は通話に出た。

この時、俺は十年以上抱き続けた幼馴染《おさななじみ》への想《おも》いを諦めたのだった。

◇◇◇

一週間後。俺と透矢《とうや》は都大会の決勝戦に臨んでいた。

これに勝てば全国大会進出。そして俺は『帝城高校《ていじょう》』に特別推薦で入れるかもしれない。

ちなみに俺と透矢は小学校の時も含めて、都大会までは経験があるけど全国は経験したことがない。だから俺が勝ちたいのは当然だけど、透矢もきっと是が非でも勝ちたいと思っているだろう。

「健司《けんじ》！」

「ナイスパス高梨《たかなし》！」

俺は高梨からのパスを丁寧に受け取る。

前の試合もそうだけど、高梨って普段まあまあ俺に酷《ひど》いこと言ってるくせにパスはくれるんだよな。一応、認めている部分もあるってことだろうか。

「きぬ～！　やっちゃえ～！　いけ～！」

いつものように、るいりの元気な声援が聞こえる。俺はパスを出す人だからやっちゃったりはしないんだけど……それでもやっぱり彼女の応援は力になる。

だからか、重要な試合だけど俺の心は驚くくらい落ち着いていた。

「きぬ！　こっちだ！」

前線で透矢が呼ぶ。スコアは０－０の同点。試合時間はまた延長戦の後半ロスタイム。

ほとんど前の試合と同じ展開だ。

「フォワード《透矢》に絶対にボールを渡すな！」

そして敵チームが複数人で俺を囲もうとするのも、前の試合と同じだった。

でも透矢にパスを通せば、必ずあいつは決めてくれる。それで俺たちの勝ちだ。

うちのサッカー部は全国大会進出。俺も『帝城高校』の特別推薦枠に入れる可能性が出てくる。

そう思った俺は冷静に相手の動きを見極める。すると、周りを囲んでいる敵の選手たちの一人に股下が大きく空いており、隙のある選手を見つけた。

別に股抜きパスばかりをしたいわけじゃないけど……それが最善の選択なら――。

「透矢！」

親友の名前を呼び、俺は隙のある選手の股下を通るようにボールを蹴り出す。

――だが、敵の選手は咄嗟《とっさ》に足を閉じてボールを止めた。

「っ！　嘘《うそ》だろ⁉」

「股に視線やりすぎだろ。バレバレなんだよ」

驚いている俺に、ボールを止めた選手が言う。

やっちまった。落ち着いていたつもりだったのに……最後で勝ちを焦ってしまった。

「よし！　ここから一気に攻め上がるぞ！」

敵チームのキャプテンが指示を出すと、守りを数人残して他の選手たちは全員グラウンドを駆ける。

「お、おい！　待て！」

俺は追いかけるが、延長戦で疲労しているせいで全く追いつかない。

でも疲れているのは相手も同じはずなのに……どんだけ体力あるんだよ。

「みんな急いで戻れ！　ゴールは絶対に死守だ！」

高梨《たかなし》が指示を出すと、チームメイトは皆守りに戻ろうとする。

しかし敵チームの選手たちの攻めのスピードが速すぎて、一人また一人と抜かれていく。

そして――最後は敵チームのフォワードがこっちのゴールキーパーさえも抜き去って、シュートを決めた。


都大会決勝戦。中学最後の試合は俺のミスで負けたのだった。

◇◇◇

「何やってんだよ、俺は……」

試合後、俺は一人で帰り道を歩いていた。普段なら透矢《とうや》とるいりと一緒に帰っているところだけど、二人には話して一人にしてもらった。

透矢は「僕もゴール決められなかったし、気にすることないよ」って言ってくれて、チームメイトたちも「健司《けんじ》のせいじゃない」と言ってくれた。

……けど、完全に俺のパスミスで負けたんだ。さすがに気にしてしまう。

「こんなんじゃ、プロになんてなれるわけないだろ」

落胆するように呟《つぶや》く。

これで松永《まつなが》さんに特別推薦に推してもらう話もなくなってしまった。

気分が沈んだまま、帰宅すると家には誰もいなかった。

今日は両親二人とも外せない仕事があって、一日中いないらしい。

もちろん今日の試合も見に来ていない。……でも、今日の試合は正直来なくて良かったな。両親にみっともないプレーを見せるところだった。

「……疲れた」

バッグを置くと、ユニフォーム姿のまま玄関に座り込む。着替える気も起きてこない。

そうして何もすることなく、数分間ただ座り込んでいると、唐突に家の電話が鳴った。

「なんだ？」

ようやく俺は立ち上がると、リビングに入ってずっと鳴っている電話を取る。

「はい、田中《たなか》ですけど」

『その声は健司《けんじ》くんかい？』

受話器から聞こえてきたのは、ダンディーボイス——松永《まつなが》さんだった。

「松永さん！　どうしたんですか？」

『少し話したいことがあってね、健司くんが出てくれたならちょうど良かった』

「話したいことですか……？」

『あぁ、それより、その……今日の試合は残念だったね』

「……すみません」

松永さんの言葉に、俺は謝罪を返す。

「あの……特別推薦に推してもらうのは……」

『すまないが、残念ながらそれはできない』

「ですよね……」

一縷《いちる》の望みをかけて訊《き》いてみたけど、約束は今日の試合に勝って全国大会に行けたらって話だったからな。しかも今日の試合は負けた上に、俺のミスが敗因だったんだ。特別推薦に推してもらえるわけがない。

『でもね健司くん、ミスは誰にでもあるものだよ。それこそプロにだってね。だから気に病むことはないさ』

松永さんは優しく励ましてくれる。

まだメンタル的には物凄《ものすご》くキツイけど、今の言葉で少しは楽になった気がする。

「ありがとうございます。それで俺、決めたんですけど……ぜひ一般推薦で『帝城《ていじょう》高校』に入れてもらおうかなって」

『えっと、そのことなんだがね……』

松永さんはどこかバツが悪そうな声を出す。なんだ……？

疑問に思いつつ、何故《なぜ》かとてつもなく嫌な予感に襲われる。

すると、松永さんは——。

『悪いんだが、健司くんがうちの高校に入ることはもうできなくなってしまったんだ』

「っ⁉　ど、どういうことですか⁉」

俺は思わず大声で問い返す。

それに松永さんは言いづらそうにしながら説明を始めた。

『実はね、数人の有望な選手がうちの学校に入ってくれることになって、そのせいで推薦の枠が全て埋まってしまったんだ』

「そ、そんな……。じゃあ一般推薦の枠もなくなったってことですか？」

訊《たず》ねると、松永《まつなが》さんは困ったように息を漏らす。

『健司《けんじ》くんがなかなか推薦の返事をくれなかったからね。申し訳ないけど、君より先に決断してくれた人たちを優先したよ』

「そ、そんな……」

俺の決断が遅かったばかりに、推薦の話がなくなるなんて……。

で、でも！　俺の夢を叶《かな》えるためには、この推薦の話を諦めるわけにはいかない！

「ど、どうかお願いします！　何でもしますから推薦の取り消しだけは止《や》めてください！」

『これは決まったことだから、もう無理なんだ』

「そこを何とかお願いします！」

『……すまない、健司くん』

松永さんが申し訳なさそうな声で謝罪する。

それを聞いた瞬間、どうすることもできないんだと悟った。

どうして俺だよ……どうして……。頭の中が混乱している中、せめて俺はこれだけは聞かなくちゃいけないと思った。

「じゃ、じゃあ最後に一つだけ……推薦で入る有望な数人の選手ってどんなやつらなんですか？」

『そうだね、これはあまり口外するべきことじゃないんだけど……君の気持ちを汲《く》んで特別に教えるよ』

次いで、松永さんの口から出てくる名前は全て一度は聞いたことがある人ばかりだった。

都内でも有数の選手だったり、全国的に有名な選手だったり。

『そして、今回は特別推薦でうちに入ることが決まった子もいてね』

「えっ……そうなんですか……？」

俺が是が非でも欲しかった特別推薦。

一体誰が入ったんだ……？

『その……実はその子はね――透矢《とうや》くんなんだ』

松永さんは躊躇《ためら》いながらも、そう口にした。

親友の名前が出てきた瞬間、頭の中が真っ白になった。

なんで……だってあいつはもっと色んな高校から推薦が来てるはず。

それこそ何十校と来ているはずなんだ。それなのにどうして俺が唯一、推薦を受けている高校で、しかも俺が喉から手が出るほど欲しかった特別推薦で……。

グシャグシャになった感情に押しつぶされそうになっていると、気づいたら通話は切れていた。

どうしてだよ……。

◇◇◇

推薦の話がなくなったことを聞かされた後、俺は公園のベンチで項垂《うなだ》れていた。

公園はるいりと透矢《とうや》と三人でよく遊んだ、そして先日、透矢からるいりのことが好きだと明かされた公園だ。もう夕方で少し寒いからか、子供たちは一人もいない。

「俺はただ父さんと母さんに負担をかけないようにしたかっただけなのに……」

決断が遅かった俺が悪いっていうのか？

両親に迷惑かけてでも、一般推薦の話を受けろってことなのか？

くそっ、後悔したくないのに後悔してしまいそうだ……。

それに透矢が『帝城高校《ていじようこう》』に特別推薦で入るって、なんの冗談だよ。

……でも、わかってる。透矢は全く悪くない。

俺の推薦のことは彼に話していないし、たとえ話していたって関係ない。

あいつはあいつなりに一番良い高校を選んだだけだ。

透矢を恨んだりするのは間違っている。

「でも、正直キツすぎる……」

「ふざけんな……」

推薦の話は才能ある選手に比べて、平凡な俺に訪れた唯一のチャンスだったのに。

それをこんな形で逃すなんて……。こんなので俺って、本当にプロになれるのだろうか。

「やっほー！」

不安になっていると、不意に快活な声が聞こえる。

振り向くと、なんと目の前にはるいりが立っていた。

「お、おう……」

「なにその反応。もっとびっくりしてよ」

るいりは不満げに唇を尖《とが》らせる。

「びっくりし過ぎて声が出なかったんだよ。……それよりどうしてここにいるんだ？」

そう訊《き》くと、るいりは試合が終わった後、一緒に試合を見ていた高梨《たかなし》の彼女——朝陽《あさひ》さんと喫茶店に寄って、今日の試合の話をしたらしい。

惜しかったね～とか、あのプレーがすごかったねとか。

そうして気が済むまで話した後、るいりが一人で帰っていたら——。

「なんと公園のベンチでどう見ても落ち込んでいる幼馴染《おさななじみ》を見つけたの！」

「……だから声を掛けたのか？」

「その通り！」

るいりはウィンクしながら、ビシッと指をさしてくる。普段なら軽口の一つでも返してやるんだけど……さすがに今はそんな気分じゃない。

「……悪いけど、一人にしてくれないか？」

「うん、わかった」

勢いよく頷《うなず》くと、るいりは俺の隣に座った。全然わかってないよな!?

「おい、るいり……」

「きぬってバカだよね。落ち込んでる幼馴染《おさななじみ》を放っておけるわけないじゃん」

るいりはちょっと怒っているような口調で言う。

どうやら一人にさせるつもりはないらしい。

……まあ今までも、こういう時は必ず傍《そば》にいてくれたからな。

「今日の試合のことで落ち込んでるの？」

「いや、それもあるけど……」

「違うの？　……何かあった？」

るいりは心配そうな声音で訊《たず》ねてくる。

そんな彼女に俺はさっきあったことを話そうか悩む。

正直に言えば、るいりに話して少しでも気持ちを楽にしたい。

……でも同時に、彼女に情けない姿を見せたくないという気持ちもあった。

「きぬ、小さい頃に約束したでしょ。きぬが困ってたら私が助ける！　私が困ってたらきぬが助ける！って」

　るいりは言い終えると、にこりと笑った。

　確かに小さい頃にそんな約束をしたことがあった。

　そして約束通り、今まで俺たちは些細《ささい》なことでも助け合ってきたんだ。

　だったら今回も、るいりに助けてもらっても良いのだろうか……。

「るいり、実は俺さ――」

　まず俺はるいりに推薦の話が来ていたことを話した。

　るいりにも推薦の件は明かしてなかったから。

　続けて、その推薦の話がなくなってしまったことも説明した。

　ただし、透矢《とうや》が『帝城高校《ていじょう》』に入ることになった部分は伏せて。

「そっか、そんなことがあったんだね……」

　るいりは悲しげな表情で少し俯《うつむ》く。そうやって彼女が一緒に悲しんでくれるだけで、恥ずかしいことに少し気持ちが楽になった。

「まあ推薦がなくなったことだし、普通にどっかの高校受けてサッカー部に入るかな」

「うん！　高校生になっても絶対に試合の応援行くからね！」

　るいりはそう言って可愛《かわい》らしい笑みを浮かべる。彼女の言葉は素直に嬉《うれ》しかった。

　だからこそ、彼女には伝えなくちゃいけないことがある。

「小さい頃からさ、俺はプロのサッカー選手になるって言い続けてきたけど……一般の高校に入ったらちょっと難しいかもしれない」

強豪校に入らないと、プロになれないってわけじゃない。

でも、強豪校に入った方がプロに入りやすいというのも事実だ。

それに俺が一番得意なのはパスで、こんなことはあまり言いたくないけど周りが上手《うま》ければ上手いほど、俺も良いパスができてアピールができる。

良いアピールができたら、プロを目指せる大学のコーチや監督、もしかしたらプロのスカウトの目に留《と》まるかもしれない。

けれど、スポーツ校でもない普通の高校だったら俺は――。

「大丈夫だよ！」

刹那、るいりが俺の両手をぎゅっと握る。

俺は驚いて咄嗟《とっさ》に振り解《ほど》こうとするも、るいりは絶対に放そうとしない。

「私ね、知ってるよ！」

「な、何が？」

動揺しながら訊《き》くと、るいりは真剣な瞳で語り始めた。

「きぬが誰よりもサッカーが好きだってこと！　誰よりも努力してるってこと！　私は知ってるよ！」

「るいり、お前……」

「だから推薦がなくなったって普通の高校だって、きぬはプロになれるよ！」

るいりは必死に俺のことを励ましてくれる。

その間もずっと俺の両手は握りしめたままだった。

たぶん、俺のことを安心させようとしてくれているんだと思う。

それはとても嬉《うれ》しかったけど、それより一つ俺は驚いたことがあった。


るいりが泣いていたんだ。


俺を励ましている時、彼女はずっと涙を流していた。

涙を流しながら励ましてくれていた。

幼馴染《おさななじみ》とはいえ、他人のために泣けるやつなんてそうはいない。

でも、ずっと一緒にいた俺は知っている。るいりがそういうやつだってことを。

「……っ！」

その瞬間、鼓動がやけに速くなった。

次にるいりの顔を見るだけで、言葉にできない衝動に襲われる。

そして、どうしようもなく気づいてしまう。

やっぱり、俺はるいりのことが好きなんだって。

「ありがとう、るいり。めっちゃ元気出たよ」

「ほんと！　良かったぁ！」

るいりは安心したように笑う。

彼女は優しく可愛《かわい》くて、昔からいつも俺のことをわかってくれるんだ。

「るいり、あのさ……」

彼女の名前を呼ぶ。

この時、俺の頭の中に、絶対にやってはならないことが浮かんでいた。

「どうしたの？　大丈夫？」

るいりはまだ俺のことを心配してくれる。

そんな彼女を見て、俺は一旦冷静になった。

俺はいま何をしようとした……？

……るいりに告白しようとしたのか？

俺は頭がおかしくなったのかよ。るいりは透矢《とうや》の好きな人なんだぞ。

それに決めたじゃないか。彼女への想《おも》いは諦めてサッカーを頑張るんだって。

サッカーを頑張って、プロのサッカー選手に……。

――でも、推薦はもうなくなってしまった。

一方、透矢《とうや》は特別推薦で『帝城《ていじょう》高校』への入学が決まっている。
それに、彼は憧れるほどのスポーツの才能を持っている。
学力も優秀過ぎる。
人望も厚くて周りから信頼されている。
俺にないものを何もかも持っている。
そんなことを考えていると、俺の中に何か黒い感情が渦巻いて――。

るいりに告白くらいしても良いんじゃないか？

そう思ってしまった。
透矢は優しいし、告白くらい許してくれると思う。
万が一、告白が成功しても彼ならちゃんと話せばわかってくれるだろう。
ひょっとしたら、祝福すらしてくれるかもしれない。
うん、きっと大丈夫だ。……大丈夫な、はずだ。
「るいり、俺さお前に言いたいことがあるんだ」
一気に心臓の音が激しくなる。
けれどこの高鳴りの原因は、好きな人に想《おも》いを伝えるからってだけじゃない。

「なに？　言いたいことって？」

るいりは優しく微笑《ほほえ》んで訊《き》いてくれる。

きっと、まだ俺が弱音を吐いたりすると思っているのだろう。

「実は俺……俺は……」

途中で言葉が止まってしまう。

まだ間に合う。引き返すなら今だぞ。そう訴えている俺もいる。

……だけど、逆に告白をするなら今しかないとも思った。

もし透矢とるいりが付き合ってしまったら、それこそ絶対に告白なんてできない。

それならやっぱり今しか――。

両手は震えており、心音は先ほどよりもさらに激しくなっている。

普通なら深呼吸の一つでもして、気持ちを落ち着かせたりするのかもしれない。

しかし、余裕がなかった俺はそんなことは構わず、彼女に言ってしまったんだ。

「俺はるいりのことが好きなんだ！」

告白した瞬間、胸がズキンと痛んだ。

まだ心臓が鳴り響いているけど、たぶんそれが原因じゃない。

でもこれで良かったんだ…これで……。

「……それ本当なの？」

少し沈黙が流れたあと、るいりが驚いたように訊《たず》ねてくる。当然の反応だ。俺は今まで
ずっと彼女と一緒にいたけど、気があるような行動はしてこなかったから。

「本当だ。本当にるいりのことが好きなんだ」

「……そ、そっか」

るいりは戸惑った表情で呟《つぶや》く。

もしかして迷ってくれているんだろうか。

ひょっとしたら彼女と付き合えたりするんだろうか。

そんな最低な考えが頭をよぎる。

——だが、次にるいりが口にした言葉で、俺のバカな思考は全て壊された。


「私ね、透矢《とうや》くんと付き合ってるの」

……え？　るいりが透矢と付き合っている？

「そ、その……いつからだ？」

「ちょうど三日前。透矢くんが告白してくれたの」

るいりはそう答えたあと、気まずいのか少し顔を俯《うつむ》かせた。透矢からは何も聞かされていない。大会が近かったから終わった後に、話してくれるつもりだったのだろうか。

「そ、そうだったのか……」

要するに、俺はもう手遅れだったってわけだ。

それどころか、親友の好きな人への告白が親友の彼女への告白に変わってしまった。

どのみち最低な行為だけど、後者の方はいくら透矢でも許してくれないかもしれない。

「あのさ、きぬって好きな人いないんじゃなかったの？」

不安になっていると、唐突にるいりが訊ねてきた。

「……え、急にどうしてそんなこと訊《き》くんだ？」

「だって、その……透矢くんからそう聞いてて……」

るいりは少し迷ったような口調で明かした。

確かに透矢にはそう言ったけど……あいつ、るいりにも話したのかよ。

「きぬとは付き合うことはできないけど、今まで通りずっと幼馴染《おさななじみ》だし友達だよ！　さっき言った試合の応援も行くから！」

「お、おう。サンキューな。それと……なんかごめん」

「ううん、きぬの気持ちは……うん、嬉《うれ》しかったよ。嬉しかった……」

るいりはそう言ってくれるけど、複雑そうな表情を浮かべていた。

それから彼女はベンチから立ち上がって、

「その……そろそろ私行くね。じゃあね、きぬ！」

「おう、じゃあな」

別れの挨拶を交わすと、るいりは一人で公園を去っていく。

その姿はこの場から逃げているようにも見えた。

「……見事に振られたな」

親友の気持ちを踏みにじってまでした告白だったっていうのに。

しかも、るいりは明らかに困っていた。

親友を裏切って、幼馴染《おさななじみ》に迷惑をかけて……。

「……最低だな、俺」

そんな俺の呟《つぶや》きは誰に聞こえるわけでもなく、肌寒い空気に消えていった。

◇◇◇

翌日。俺は一人で登校していた。昨日やってしまったことを考えたら、透矢《とうや》に合わす顔がないし、るいりとも会ったら気まずくなってしまうと思う。

中学に入ってからはもちろん、小学校も含めて初めて一人で登校している。

いつもは誰か話し相手がいるのに、一人って結構寂しいんだな。

そんなことを思いつつ、学校に到着して教室に向かう。

「あっ、健司《けんじ》」

教室に入ると、いきなり高梨《たかなし》が俺の名前を呟いてこっちを見てきた。

いや高梨だけじゃない。どうしてかクラスメイト全員が俺の方を見ている。

しかも、その大半が少し睨《にら》んでいる気がした。

「えっ、なに……？」

「なに？　じゃねぇよ。とぼけんなよ」

高梨が鋭い視線を向けて、キレたように言う。

この雰囲気、冗談とかドッキリ……とかじゃないよな。

でもとぼけるなって、どういうことだ？

「なに言ってんだよ。意味わかんねぇって」

「……はぁ。健司がそこまでクズだとは思わなかったわ」

呆《あき》れたように額に手を当てる高梨。一体なんだってんだよ。

状況を全く把握できずにいると、クラスメイトたちの集団から一人の生徒が出てきた。

「おはよう、きぬ」

「と、透矢……」

親友の顔を見た瞬間、胸がズキンと痛む。

「せっかくるいりと一緒にきぬの家の前まで行ったのに、どうして一緒に学校に行ってくれなかったの？」

「お、おう。ちょっと体調悪くてな……」

「ふーん、そっか」

大して内容のない会話。

それなのに、透矢《とうや》はいつもの爽やかな笑顔を見せている。……なんか恐《こわ》いな。

「それでさ、きぬ。ちょっと君に訊《き》きたいことがあるんだけど……」

「そ、そうなのか？　訊きたいことってなんだ？」

問い返すと、透矢はずっと笑顔を変えないまま——。


「昨日、君はるいりに告白したの？」


刹那、俺は背筋が凍った。

もしや、るいりが透矢に話したのか……⁉

教室を見回すと、クラスメイトたちの中にるいりの姿を見つける。

——しかし目が合った途端、顔を背けられた。

　まさか本当にるいりが……いや昔からずっと一緒にいて、どんな時でも優しかった彼女に限ってそんなことするわけない。きっと何かの間違いだ。

「きぬ、聞こえてる？　本当にるいりに告白したの？」

「えっ……そ、それは……」

　俺はどう答えようか迷う。

　本当のことは言った方が良いとは思っている。

　ただこんなクラスメイトがほぼ全員集まっている中っていうのは……。

「きぬ、僕たち親友だよね。本当のこと言ってよ」

　透矢は安心させるように優しい声音で言ってくれた。

　ひょっとしたら正直に話しても、彼なら許してくれるんじゃないか。

　そんな情けない思考が脳裏をよぎって——結局、俺は深く頭を下げた。

「すまん、実は俺もるいりのことが好きだったんだ！　だから気持ちを抑えきれなくて！」

　俺は素直に告白したことを認めた。

　すると透矢は笑顔のまま、同情するように頷《うなず》く。

「そっか。気持ちを抑えきれなかったんだ」

「そ、そうなんだ。それに透矢にるいりのことで相談された時も、本当は透矢の恋愛を手伝おうか、めっちゃ迷ってて」

「なるほど。きぬも色々あったんだね……」

透矢《とうや》は同情するような口調で言葉を返す。

やっぱり透矢なら大丈夫。ちゃんと話したらわかってくれる。

彼の様子を見て、俺は安堵《あんど》する。

その時だった——。


「きぬって最低だね」

四年近く一緒に過ごしてきて、一度も聞いたことがないような低くて鋭い声。

聞いたと同時に、心が凍りついた。

「それで僕が『しょうがないね、じゃあ許すよ』って言うと思った？」

「え、えっと……」

「そんなわけないでしょ」

透矢は先ほどのクラスメイトたちと同様に、いやそれ以上に俺を睥睨《へいげい》する。

彼のこんな恐《こわ》い表情を見たのは初めてだった。

「だって君に話したよね。僕がるいりのことが好きだって。……それなのに告白するなんて、きぬは僕のことを親友だと思ってなかったみたいだね」

「ち、違う！　俺は透矢のことはずっと大切な友達だと思ってて——」

「じゃあなんで告白なんてしたんだよ！」

透矢が怒号を上げる。普段は冷静な彼だけど、今は息も少し荒くなっていた。

その様子に周りのクラスメイトたちは驚いており、俺も言葉が出ない。

「……ふぅ、ごめん。ちょっと頭に血が上っちゃった」

またクールな表情に戻るが、明らかに怒りを抱いているのを感じる。

それだけのことを、俺は彼にしてしまったんだ……。

「告白した時にるいりから聞いたかもしれないけど、僕はるいりと付き合っているんだ。だからもう絶対にきぬの想《おも》いは叶《かな》わないよ」

「……あぁ、それは知ってる」

「そっか……。ならもう二度と、るいりにちょっかい出さないでね」

透矢は爽やかな声とは裏腹に、警告するように言い放った。

当然だ。俺にはもうるいりに好意を抱く資格なんてない。

「……わかったよ」

「物分かりが良くて助かるよ。……あっ、そういえば最後に言わなくちゃいけないことがあったんだ」

思い出したように透矢は手をポンと叩《たた》くと、

「きぬ、僕たちは絶交だ」

続けて、淡々とした口調で告げた。

「そ、そんな……!? そんなこと言わないでくれよ」

「無理だよ。きぬのことはもう信用できないし。そんなの親友どころか友達でもないよ」

透矢《とうや》の言うとおりだった。全く反論する余地がない。

「じゃあそういうことだから。僕とるいりに一切関わらないでね」

「るいりにって……ちょ、ちょっと待ってくれ。るいりにも話しかけちゃいけないのか？」

「……なに言ってるの？ さっき、ちょっかいかけるなって言ったでしょ」

「それはこう……自分をアピールしたりするなって意味かと思って……」

俺の言葉に、透矢は呆《あき》れたようにため息を吐《つ》く。

「きぬ、これ以上僕を失望させないでよ。君のやったことを考えたら当然でしょ」

「で、でも……」

「絶対にるいりと話さないでね」

透矢は語気を強めて言葉にする。その圧に俺は何も言えなくなってしまった。

「なあ透矢、俺もこいつに一発言ってもいいか？」

透矢が話している間、ずっと黙っていた高梨《たかなし》が訊《たず》ねる。

「うん、良いと思うよ」

それに透矢は首を縦に振った。高梨は話す準備をするかのように飲み物を飲んでから、ゆっくりとこちらに近づいてくる。

「健司《けんじ》、俺はお前に色々言ってきたけど、信頼してたところもあったんだぜ」

「高梨……」

視線を向けると、高梨は少し悲しそうな顔をしている。

彼が言ったことは本当みたいだ。まさか高梨がそんな風に思ってくれていたなんて。

「……でも、どうやら俺の思い違いだったみたいだな」

刹那、俺は頭から上半身までびしょ濡《ぬ》れになる。

驚いて顔を上げると、高梨が俺の頭の上から持っていたペットボトルの飲み物を溢《こぼ》していた。制服まで濡れた挙句、中身はジュースだったようで体中ベトベトになってしまう。

「た、高梨。お前……」

「クズ野郎」

高梨はそう言い捨てて、クラスメイトたちがいる方向へ戻っていく。

彼も俺と同じように透矢に憧れている。だからきっと俺がやってしまったことを許せなかったんだと思う。それでもまさかここまでされるなんて……。

ペットボトルはキンキンに冷やされていたみたいで、五月とはいえ、そんなものを浴びせられたらさすがに寒かった。

「まじでカスだな」

クラスメイトの中から男子生徒の一人が言った。

すると、連鎖するように他のクラスメイトたちも同じような言葉を口にしていく。

「クズが」「透矢《とうや》くんの好きな人に手を出すなんてサイテー」「もう学校に来んなよ」「キモすぎ」「普通に考えてあり得ないんですけど」「きぬのくせに何様のつもりだよ」「裏切って告白して振られるとかダサッ」「顔も見たくねーわ」

彼ら彼女らは俺に軽蔑するような目を向けて、次々と罵詈雑言《ばりぞうごん》を重ねていく。

こんなことは初めてで、正直、動揺が止まらない。

確かに俺は透矢に、親友に酷《ひど》いことをしてしまった。彼には何をされても仕方がない。

……けれど同じ部活の仲間に飲み物をかけられて、クラスメイトたちには数えきれないほどの罵倒をされて……本当にここまでされなくちゃいけないのか？

ひょっとしたら、さすがに透矢もこれはやり過ぎだと思っているかもしれない。

いや、あの透矢のことだ、きっとそうに決まっている。

「とう――っ！」

「みんな、もっとやっていいよ」

助けを求めようとした瞬間、透矢がクラスメイトたちに促した。

その時の彼は笑っていた。これからもっと俺が傷つけられていくことを面白がるように。

透矢、どうして……。

それくらい俺も彼のことを傷つけてしまったのだろうか。

……そういえば、るいりはどうしたんだろう。

それこそ彼女なら、クラスメイトたちを止めてくれるかもしれない。

そう思って必死に探してみるが、先ほどまでいたはずのるいりの姿がなかった。

どうやらいつの間にか教室から出て行ったみたいだ。

「あー、なんか俺も飲み物かけたくなってきたわー」

男子生徒の一人が言うと、さっきの高梨《たかなし》と同じようにペットボトルを持って近づいてきて、そのまま俺の頭の上からぶっかけた。

今度は飲みかけじゃなくて新品だったため、制服のズボンまで濡《ぬ》れた。

そんな俺の姿を見て、ケラケラと笑うクラスメイトたち。

……なんだよ、これ。

◇◇◇

その日から俺は透矢を中心に、クラスメイト全員からいじめられるようになった。

透矢《とうや》に絶交されてしまったあの日から、俺は毎日のようにいじめられている。

自分の席の机には必ずありとあらゆる暴言が書かれており、消しても数分後にはまた書かれる。当然、誰に話しかけても全員無視。漫画やドラマの真似《まね》なのか、トイレの個室に入ったらバケツ丸ごとの水を浴びせられた。全て透矢の指示だ。

それが一か月続いて、おかげで体も心もボロボロだ。

……それでも俺は学校に通い続けた。

理由は透矢とるいり、二人ともう一度ちゃんと話したかったからだ。

透矢にはいじめられているし「二度と関わるな」とも言われてしまったけど、最後にあと一回だけ話す機会が欲しかった。

たとえ許されなくてもいい。せめて俺がやってしまったことをしっかり謝りたい。

そう思いながら俺はいじめられながらも毎日、透矢に話しかけ続けたが、彼は一度も応じてくれなかった。同じように、るいりにも話しかけようとしたけど、こっちはクラスメイトに邪魔されて近づくことすらできなかった。

……けれど、俺はるいりが透矢に告白のことを話したとは思ってない。

ずっと一緒に過ごしてきた幼馴染《おさななじみ》として、彼女がそういうことをするとはどうしても思えないのだ。

とにかく俺は何度避けられたり無視をされても、二人に声を掛け続けた。

「きぬ、いい加減にしてくれるかな」

放課後の校舎裏。透矢がそう言って睥睨《へいげい》する。

今日も透矢に話しかけ続けていたら、彼から放課後に校舎裏で話そうと言われた。

ようやく話せる機会がきたと喜んだけど、どうやら俺の一方的な行動を止《や》めさせるために校舎裏に呼び出したみたいだ。

「毎日毎日、飽きもせずに話しかけてきて、しかも関わるなって言ったのにるいりにも同じことをしているらしいね」

「俺はただ二人にちゃんと謝りたくて……」

「そういうのいらないから。改めて言うけど僕たちに二度と関わらないで」

透矢はそう告げると、校舎裏から去ろうとする。

そんな彼の様子に、俺は透矢に対して言い表せない引っ掛かりを感じていた。

告げたあの日も、俺は少し違和感を感じだ。……いや、今だけじゃない。俺に絶交を

「なあ透矢。どうしちゃったんだよ。その……確かに俺はお前に最低なことをしてしまったけど……でもなんか……俺がこんなこと言うのも違う気がするけど……こういうのって透矢らしくない気がする」

「僕らしくない……？」

透矢は振り返ると、俺を鋭く睨《にら》みつけて近づいてくる。

次に、俺の胸倉を掴《つか》むとそのまま壁にぶつけるように押し付けた。

「ぐはっ！」

俺は背中に大きく衝撃を受けて、声が漏れる。透矢《とうや》は俺よりだいぶ背が高くて、体は細いけど力も強い。おかげで俺は一切身動きができない。

「そもそも君がるいりに告白したのが悪いんでしょ。それなのに君のことを怒ったら僕らしくないって？　ふざけるなよ！」

「ち、違う……俺はそういうことが言いたいんじゃなくて……」

「黙れよ」

透矢は凄《すご》むように言うと、投げ捨てるように俺の胸倉を放した。

そのせいで俺は地面に倒れ込む。いってぇ……。

「……でもわかった。最近の僕が僕らしくないって言うなら、きぬに本当のことを教えてあげるよ」

透矢は俺のことを蔑むように見下してくる。

その時の彼の表情は、今まで一緒にいた中で一番恐《こわ》かった。

本当のことって、一体なんだ……？

疑問に思っている中、彼は話し始めた。

「僕はね、きぬと出会った時から君のことが嫌いだったんだ。僕より何もかも劣っているのに、いつも僕の傍《そば》にいる君のことがね」

「っ!? な、何言ってんだよ。俺たちは今までずっと一緒に過ごしてきたじゃないか!?」

突然の透矢の言葉に、俺は混乱する。

だってあり得ないだろ。小さい頃からずっと一緒に過ごしてきて、サッカーもずっと同じチームでプレーしてきたんだ。なのに、透矢が俺のことを嫌いだなんて……。

「ずっと一緒だったのが嫌だったたって言っているんだ。でも、るいりがいたから仕方がなく君とも一緒にいてやったけど、本当は一秒でも一緒にいたくなかったよ」

「う、嘘《うそ》だ……そんなの嘘に決まってる……」

俺が呟《つぶや》くように言うと、透矢は首を左右に振る。

「嘘じゃないよ。僕は昔も今も、きぬのことが嫌いだ」

透矢はこちらを睨《にら》みつけながら、はっきりと言い切った。

それで否《いや》が応《おう》でもわかってしまった。本当に透矢は俺のことが嫌いなんだって。

「だから、僕にも僕の彼女にも二度と近づくな」

トドメを刺すように、透矢は言い放つ。それに俺は何も言い返すことができなかった。

その後、透矢は俺に言いたいことがなくなったのか、この場を去ろうとする。

「ちょ、ちょっと待ってくれ！　最後に一つだけ訊《き》かせてくれ！」

「……なに？　僕はもう君と話すことなんてないけど」

透矢《とうや》の目は見られているこっちが凍ってしまいそうなほど冷たかった。

恐《こわ》い……でも、俺にはどうしても彼に訊《き》かなければいけないことがあるんだ。

「俺の告白のことを言ったのは、やっぱりるいりなのか?」

「当然でしょ。逆に誰がいるのさ」

「そ、そんな……。でも、あいつってそういうやつじゃ……」

透矢の答えを聞いて尚《なお》、昔からずっとるいりと一緒にいた俺としては、どうしても彼女が誰かに告白されたことを他言するとは思えなかった。

「そんなやつじゃないって? どうして言い切れるの? 実はるいりは君のことが好きじゃないかもしれないのに」

「えっ……」

るいりが俺のことが嫌いって……。そんなのあり得ないって思いたいのに、透矢が俺のことが嫌いだったら彼女もそうなんじゃないか……そんな風に思ってしまう自分もいる。

「これは言わない方が良かったかな。まあどうでもいいや」

透矢は興味なさそうに言うと、

「じゃあね、きぬ」

それだけ告げて校舎裏から去っていった。

一方、俺は気持ちの整理ができず一歩も動くことができない。

「……もう何がどうなってんだよ」

訳がわからなくなって、俺は頭を抱えた。

透矢は俺のことが嫌いで、るいりも俺のことが嫌いかもしれない。

もしるいりが本当に俺のことが嫌いだったら……。

二人のことを大切な親友だと、幼馴染《おさななじみ》だと思っていたのは俺だけだったみたいだ。

「これが報いってやつか……」

親友を裏切るような行為をした罰を見事に受けたってわけだ。まさに自業自得だな。

親友に絶交されて、幼馴染でずっと好きだった人からも嫌われているかもしれなくて。

「……どうすりゃいいんだよ」

助けを求めるように呟《つぶや》いた言葉は、誰にも聞こえることはなかった。

翌日、俺は学校に行かなかった。

◇◇◇

学校を休み続けて二週間が経《た》った。

もう不登校に片足、いや両足を突っ込んでいるかもしれない。

それでも俺は学校に行く気にはなれなかった。

登校したところで、クラスメイトに酷《ひど》い目に遭わされるだけだし。

透矢《とうや》も、るいりもどうせ俺のことなんて……。

「るいりのやつ、やっぱり透矢に告白のこと言ったんだな」

もう授業が始まっている時間なのに、俺はベッドに潜ったままそんなことを呟《つぶや》いた。

俺が学校を休んでいる間、るいりからは一度も連絡とかきていない。

今まではこういうことがあったら、電話をしてくれたり、家に来てくれたりもした。

……でも、今回は一切ない。透矢と付き合ってから一切ないのだ。

もしかして、るいりは透矢と一緒にいるためにずっと俺を利用していたのか？

最近はそんなことを思うようになってしまった。

さすがにない……とは、言い切れない。やっぱり透矢の一件があったから。

日を追うごとにるいりが俺を利用して、本当は俺のことなんて嫌いで……そんな思考が頭の中を支配して……。

「ふざけんなよ」

不登校になって一か月が経《た》った頃には、るいりのことを憎むようになってしまった。

彼女だけじゃない。透矢のことも憎んだ。

今頃、二人して俺のことを笑ってるに違いない
確かに、俺は間違いをしてしまった。……でも、さすがにこんな仕打ちはあんまりだろ。

るいりも透矢も俺と同じ目に遭えばいいのに、苦しめばいいのに……。

そう思いながらも、透矢を親友だと思っている自分がいる。

るいりへの気持ちも、決してなくなったりはしなかった。

今でもはっきりと、彼女のことが好きだと言えてしまう。

気持ちが滅茶苦茶《めちゃくちゃ》で、もうどうすればいいかわからなかった。

そして、そんな自分のことを俺は一番憎んだ。

――きっと俺は有害な人間なんだ。


結局、それから俺は卒業まで一度も学校に行かなかった。

◇◇◇

不登校になって約一年。俺は中学生から高校生になった。

中3の一年間はほぼ学校に行ってないけど、自分で最低限の勉強はしていた。

正直受験をするかどうかは悩んだが、俺なりに両親に迷惑はかけないように、と考えて受験はすることにしたんだ。

そうして自宅近くの高校——星蘭《せいらん》高校を受験して入学することができた。

……とは言っても、やっぱり学校には行く気になれず一度も登校していなくて、結局は両親に迷惑をかけてしまっているんだけど。

「よっしゃあ！　20キル達成！」

自分の部屋で最近流行《はや》っているシューティング系のバトルロワイヤルゲームをやりながら、俺は嬉々《きき》として叫んだ。

自宅に引きこもるようになってから、俺はすっかりゲームにハマってしまった。

今では一日の大半の時間をゲームに捧《ささ》げている。

『20キルくらいで喜びすぎでしょ』

ヘッドホン越しに、生意気な男の声が聞こえてくる。

「うるさいな。俺はお前みたいに上手《うま》くないんだよ」

『いやいや、きぬも上手いと思うよ。……オレの方が遥《はる》かに上手いけど』

「なんだよその言い方。めちゃくちゃ腹立つわー」

俺がそう言うと、男はケラケラと笑った。

男の名前は、マルマル。ゲームを通じて知り合ったゲーム仲間だ。当然ながらマルマルっていうのは、本当の名前じゃなくてゲーム内で使われるプレイヤーネームだ。

俺も『KN』というプレイヤーネームでゲームをしているけど、けーえぬって呼びづらいから、マルマルにはきぬと呼んでもらっている。

『じゃあそろそろオレは終わろうかな』

「えっ、もう終わるのかよ」

『もうって……五時間くらいはやったじゃん』

「だってマルマルって、短い時間だといつも付き合ってくれるけど、長時間ゲームするのはたまにしかしてくれないだろ。お前となら、あと五時間はいける」

『それは素直に嬉《うれ》しいけど、勘弁してくれ』

マルマルが苦笑している姿が頭に浮かぶ。しょうがない、今日は勘弁してやるか。

『また明日ゲームしような』

「おう、明日はランクやろうぜ」

『おっけー、じゃあまたなー』

その言葉が聞こえたあと、マルマルの声は聞こえなくなった。

俺はゲームの電源を切ると、ベッドに寝転ぶ。

「今は部活の時間か……」

午後の四時過ぎ。中学の頃に何もなかったら今頃高校でサッカー部の練習をしているはずだっただろう。……でも、今はサッカーボールに触れてすらいない。
……まあゲームも楽しいし、サッカーなんてやらなくてもいいだろ。
そんなことを思っていたら、コンコンと扉がノックされた。
そういえば今日は母さんが仕事休みだったか。
しかし、いつまで経《た》っても母さんの声は聞こえてこない。……な、なんだ？
不思議に思っていると、ようやく扉越しに声が聞こえた。
「健司《けんじ》くん。僕は君のクラスの担任で桐谷翔《きりたにかける》って言うんだ」
知らない男の弱々しい声だった。
正直、顔も見えていないけど、しょうもないやつなんだろうなって思ってしまった。
――でも、この時の俺は知らなかったんだ。
彼がこんなダメな俺のことを救ってくれることを。

第二章　担任教師

高校生活が始まって二か月間、一度も学校に行かなかったら、とうとう教師が自宅に来てしまった。ついでに言ったら、いま俺の部屋の前にいる。

教師が来るなんて一言も聞いてないけど……たぶん母さんが秘密にしていたっぽいな。どうせ聞いたら逃げるとでも思ったのだろう。

「少し話をしないか？」

担任教師——桐谷《きりたに》って言ってたっけ？　そいつが扉越しに訊《たず》ねてきた。

「うるさい、教師なんかと話すことなんてない」

けれど、俺はすぐにそう返した。

まじで時間の無駄だな。もう一回一人でゲームでもやろうかな。

「僕はね、君を無理に学校に行かせようなんて考えてないよ。ただ少し話をしたいだけ」

桐谷がゆっくりと安心させるような口調で、そう話す。

……でも、俺の気持ちは全く動かなかった。

何が学校に行かせようとしてない、だよ。だったらなんで教師がうちにまで来るんだ。

「だからこの扉を開けてくれないか？」

「だから教師と話すことなんてないって！」

俺は知っている。教師なんて口だけで何もしてくれないってことを。

中学の時、透矢《とうや》とクラスメイトたちに毎日いじめられ続けた。

そのことは教師は……少なくとも担任教師は知っていた。

教室の机には暴言の数々が書かれていたし、俺がボコられているところに偶然、担任教師が居合わせたこともあったから。

……だけど、面倒事を嫌がったのか担任教師は見て見ぬフリをした。

ずっと何も知らないような顔で授業をして、毎日ホームルームもしていた。

そいつを見て、俺は思ったんだ。教師なんてクソだってな。

「わかった。僕が勝手に話すから、君はそこで話を聞いてよ。それなら良いでしょ？」

桐谷が訊ねてくるが、正直、良いわけないだろと思った。

……でも、言い返したところでこいつ帰りそうにないし。

そう思った俺は仕方がなく、彼の話とやらを聞いてやることにした。

……ゲームの電源はつけておくか。

「僕もさ、昔は君と似たような生徒だったんだ」

それから一応、桐谷の話を聞いていると、彼は高校時代、学校には単位を落とさない程度に行って、それ以外は全て自宅に引きこもってゲームばかりしていたらしい。

元々周りに気を遣って自分の意見を言えない性格のせいで、人間関係に疲れてしまったのだとか。

「そんな時にね、僕のことを変えてくれる人に出会ったんだ」

それは当時の桐谷《きりたに》と同級生の女子生徒。彼女が彼のことを変えてくれたらしい。

その人は毎日のように校則禁止のパーカーを着て学校に来る、少し癖の強い人だった。

「でも彼女はね、周りに合わせたりせず自分が正しいと思ったことは絶対に曲げない。常に自分らしくある人だったんだ」

そんな彼女と関わっていくうちに、桐谷も自分らしく生きることを決めたみたい。

そして、少しでも昔の自分のような生徒の助けになれたらと教師になったのだと。

「引きこもることは悪いことじゃないんだ。僕が健司《けんじ》くんに伝えたいことはね、たとえ引きこもっていても、たったいま自分が本当にやりたいことをできているか、自分らしく生きているかどうかが大事なんだよ」

まあこれも僕のことを変えてくれた人の受け売りなんだけど……、と桐谷は話す。

いまの話を聞いた限り、どうやらこの教師は本当に俺を学校に行かせようとは思っていないらしい。今までの教師とは違うみたいだ。

自分らしく生きる、か……。その言葉が、やたら心に引っ掛かった。

「でも、俺は自分らしいとかよくわからないよ」

桐谷のことはまだ信用していない。……けれど少しだけ話したいと思うようになった。

正直、俺だって今のままで良いとは思っていない。

……しかし、どうしたら良いかもわからない。

そんな現状をもしかしたら彼なら……とほんの少しだけ期待した。

「大丈夫だよ」

扉越しに、温かい声が返ってくる。

「僕も手伝うから一緒に君らしいを見つけようよ」

続けて、桐谷——いや桐谷先生はそう言ってくれた。

彼の言葉を聞いて、先ほど抱いた俺の期待は段々と強くなっていき——。

「本当に見つけてくれるの？」

扉を開けて、俺は訊《たず》ねた。桐谷先生は俺の予想通り、弱々しい見た目だった。

……でも、外見とは裏腹に頼りになりそうな、そんな雰囲気があった。

一方、俺と対面した桐谷先生は少し驚いていた。いきなり扉を開けたことと、たぶん俺がボサボサの髪とよれよれの服というザ・引きこもりみたいな格好だったからだろう。

「当然だよ。僕は君の担任教師なんだから」

俺の問いに、桐谷先生は笑顔で答えてくれた。安心させるような優しい笑顔だった。

「その……明日も来てくれる？」

すると、俺は自然とそんな言葉を口にしていた。

「もちろん」

桐谷《きりたに》先生は迷いなく、すぐに返してくれる。

そんな彼に対して、俺は思ったんだ。

ひょっとして、この人なら本当に――。


そしてこの瞬間、俺の人生は再び動き出した。

◇◇◇

「じゃあお邪魔しました」

玄関で桐谷先生は靴を履いたあと、挨拶をする。

母さんは緊急の仕事が入って、家には俺と桐谷先生しかいない。

「桐谷先生、一つ訊《き》いてもいい？」

「どうしたの？　なんでも訊いていいよ」

「その……さっき話してた先生の人生を変えたパーカーの女子ってどんな人なの？」

桐谷先生の話を聞いていた時から思っていた。

誰かのことを変えられる人って、どんな人なんだろうって。

「どんなって、そうだな。学校一の問題児でとんでもないことばかりやらかす人だったよ」

教師に無許可で勝手にゲリライベントを始めたり、文化祭でやった演劇の『ロミオとジュリエット』をジュリエット役だった彼女が独断で結末を悲劇から喜劇にしてしまったり。

それはもうめちゃくちゃな女子生徒だったそうだ。

「ええ⁉　そうなんだ……」

……俺、本当にこの人に期待しても大丈夫かな。

「じゃあいまは何してるの？」

「いま？　いまは……」

桐谷先生は答えづらそうな反応をする。まさか悪いやつになってたりしないよな？

「おっと、ごめん」

すると、彼はズボンのポケットからスマホを取り出した。

誰かからメールでも来たのだろうか。

「……よし」

急に桐谷先生がガッツポーズをする。……何やってんだ、この人。

「健司《けんじ》くん、パーカー女子はいま何やってるかって話だけど」

振り返ると、桐谷先生は話の続きをする。

「うん、何やってるの？」

次いで俺が訊《たず》ねる。とりあえず悪い人になってなければ良いけど……。

しかし俺の不安とは反対に、桐谷《きりたに》先生はこう答えた。

「ハリウッド女優だよ」

そう答えた桐谷先生は、それはもう嬉《うれ》しそうな表情を浮かべていた。

同時に、俺は思ったんだ。

きっと彼のことを変えた人は、とても素敵な人なんだろうなって。

◇◇◇

桐谷先生が訪問してきた翌日。俺は彼が来る前に少しマルマルとゲームをしていた。

……いや、確かに今のままだと良くないと思ってるよ？

でも、ゲームは普通に好きだし……ついついやっちゃうよな。

『ねえ、きぬ』

「ん？　なんだ？」

ゲームプレイ中、マルマルが俺のことを呼ぶ。ちなみにプレイしているゲームは、昨日もやった流行《はや》りのシューティング系のバトルロワイヤルゲームだ。

『なんか良いことあった？』

「どうした急に」

『だって、今日のプレイめちゃくちゃ良いからさ』

マルマルが言った通り、俺のプレイは冴《さ》えていた。三戦連続で十キル以上している。

「……別に良いことなんてないよ」

『怪しいなぁ。……もしかして彼女でもできたか？』

「………………」

『え⁉　マジでできたの⁉』

「あ、悪い。プレイに集中してて聞いてなかった」

『な、なんだ。驚かせるなよ……』

マルマルは少し安堵《あんど》したような声を漏らす。

「で、なんだっけ？　彼女がどうとか？　俺に彼女なんてできるわけないだろ」

『だ、だよな！　きぬに彼女なんてできるわけないよな！』

わざわざ俺が言ったことを繰り返すマルマル。ちょっとはフォローとかないのかよ。

「彼女どころか家族以外でまともに喋《しゃべ》れる人すらいねーよ。それこそマルマルぐらいだな」

『おう！　きぬはオレに感謝しないとな！』

「はいはい、あんがとなー」

『全然気持ち籠もってねー』

適当にお礼を言うと、マルマルが不満げな声を出した。

……でも本人には恥ずかしくて言えないけど、マルマルには本当に感謝している。

不登校になって、透矢《とうや》やるいりへの憎しみが一番強かった時期。

それでも透矢のことを親友だと思っていて、るいりへの想《おも》いも残ってて、気持ちがめちゃくちゃで、そんな自分がものすごく嫌いで……。

もうどうすればいいかわからなくなっていた俺のことを、マルマルが助けてくれたんだ。

彼と知り合ったきっかけは、俺が暇つぶしにゲームを始めたことだった。

毎日、余計なことを考えないようにゲームに没頭していると、どんどんプレイが上手《うま》くなっていったので、試しにSNSでプレイのクリップ（短めの動画のこと）を上げてみた。

……でも別にバズることもなく、まあこんなもんかと思っていたら、唐突に知らないアカウントからメッセージが飛んできたのだ。

『KNさん、動画みました！　上手いですね！　一緒に遊びませんか？』

こんなメッセージを送ってきたのが、マルマルだった。

マルマルは俺と同じようにSNSでクリップを上げていて……でもプレイは俺より遥《はる》かに上手いのに全くバズらない、という少し残念な人だった。

……で、俺はマルマルのメッセージにどう反応したかというと、普通に断った。

当時は顔も知らない人とゲームすることになんか抵抗があったし、めっちゃ暴言とか言うやつだったら嫌だし……。

そんなわけで俺はマルマルの誘いは丁重に断ったんだけど、なんと彼は断った翌日にまたメッセージを送ってきた。

『どうしてもKNさんと一緒に遊びたいです！』

当然、それも断ったが……。

『KNさん遊びましょう！』『KNさんと遊んだら楽しいだろうな！』『KNさんとマルマル、良いコンビだとは思いませんか？』『KNさん！　オレと一緒に遊んだら良いことありますよ！』『KNさん！　KNさん！　KNさん！』

断っても断っても、何度も何度も誘われた。

こいつ、しつこすぎる!!

そうして最終的に俺はマルマルに押し切られて、一度だけ彼とゲームで遊ぶことにした。

すると、誰かと一緒にやるゲームは一人よりも何倍も楽しくて、その時だけは自然と透矢やるいりのことを忘れられた。

以来、俺はマルマルと頻繁に一緒にゲームをするようになったんだ。

『でも今日のきぬはやっぱり良いプレイばっかだよな。良いことはあったんだろ？』

「お前……」

どうしてこんなにこいつは勘が鋭いんだ。知り合って一年近くになるとはいえ、気持ち悪いくらい俺のことをわかってるんだよなぁ。

こういうところも、長く一緒に遊べている理由なのかもしれない。

「マルマル、実はな……」

俺は昨日、高校の担任教師——桐谷《きりたに》先生が訪問してきたことを話した。

高校時代の桐谷先生は今の俺と同じように引きこもっていて、でも同級生の女子が彼のことを変えてくれた。

そんな経験談を話して、彼は本当の意味で俺を助けようとしてくれている。

そういったことも含めて、マルマルに昨日あったことを全て話すと、

『良い先生じゃん！』

マルマルは嬉《うれ》しそうに言う。

「まあ俺はまだ信用してないけどな」

『とか言って、きぬも少しは良い先生だと思ってるくせに～』

マルマルはオレはなんでもわかっちゃうんだぞ、みたいな口調で言ってくる。

果てしなくうざいなぁ……。

『これはきぬが学校に行く日も近いかな』

「……さあな」

桐谷《きりたに》先生は引きこもること自体は悪くないって言ってたし。

学校に通うかどうかは全くの未定だ。

『学校は良いぞ~楽しいぞ~』

「楽しいぞって……そもそもお前っていくつなんだよ。いま学校に通ってるのか?」

俺はマルマルのことは何も知らない、というか訊《き》いても毎回はぐらかされる。こっちは彼のことを信頼して、なるべく隠し事はなくそうと高校生だって明かしたっていうのに。

『オレがいくつかだって?』

「おう、それくらい教えてくれても良いんじゃないか?」

訊くと、マルマルはうーん、と声を出して悩んで、

『それは秘密だ☆』

いたずらっぽくそう言った。……こいつ、やっぱり果てしなくうざい。

◆◆◆

とある日の休日。私――相馬《あいま》るいりは遊園地に遊びにきていた。

別に一人というわけではなくて、一年くらい前から付き合っている透矢《とうや》くんと一緒に来ている。要するにデートだ。

「ジェットコースター、結構速いし良い感じに恐《こわ》くて楽しかったね！」

大勢の人々が行き交う中、隣を歩いている透矢くんは楽しそうに話しかけてくる。

「うん。そうだね」

それに私は　笑顔で言葉を返した。

けれど、なぜか透矢くんはじーっとこっちを見てくる。

「な、なに？」

「いや、その……ごめん。るいりはあんまり楽しくなかったみたいだね」

「えっ……そ、そんなことないよ。ちゃんと楽しかったから」

私が言っても、透矢くんは首を左右に振った。

「今のるいりが楽しんでないってことくらい、僕にもわかるよ。小さい頃からずっと一緒だったんだから」

透矢くんは悲しそうに話すけど、それを私は否定できなかった。

だって、彼が言ったことは本当のことだから。

ジェットコースター、というより、私は彼とのデート自体を楽しめていない。

「まあそんな時もあるよね。それよりさ今度はフリーフォールに乗ってみようよ」

「……うん、いいよ」

透矢くんの提案に頷《うなず》く。

すると、彼はこっちに振り向いて手を差し出してきた。

「人が沢山いて危ないから。ね？」

透矢《とうや》くんは優しい笑みを浮かべる。こんな時、恋人同士なら当然のように手を繋《つな》ぐだろう。でも、私は……。

「その……大丈夫だよ。私、子供じゃないし」

「……そっか。そうだよね……」

透矢くんは寂しそうに顔を俯《うつむ》けた。そんな彼を見て、胸が苦しくなる。

今まで彼からは何度も手を繋ごうとしてくれたり、ハグをしようとしてくれたり、色々アプローチをかけられたけど、その全てを私は今みたいに避けている。

一年近く付き合っているといっても、私たちの関係は一切進んでいない。

付き合った時から……ううん、きぬが中学に来なくなってから止まったままだ。

……どう考えても、こんなのって良くないよね。

「ねえ透矢くん。やっぱり私たち――」

「早くしないと混んじゃうし、あっちに並びに行こう！」

私の言葉を遮るように、透矢くんがそう言った。

続いて、彼は一人でフリーフォールの列に向かってしまう。

それはまるで私から逃げているみたいで……。

「……わかった」

私はぽつりと返事をして、透矢くんの後を追う。

このままじゃ良くない。それはわかっているけど透矢くんは小学校の頃からの友達だし、どんな理由があったにしても彼の告白を受け入れた私にも責任がある。

だから、私は彼と別れようと思っていても、強く言い出せずにいた。

勇気を出して伝えようとしても、今みたいに透矢くんに逃げられてしまう。

そんなことが半年くらい前からずっと続いている。

「……私って、最低だ」

そう思っていても、今日も透矢くんには伝えられないだろう。

そんな自分がすごく嫌になる。

……私は一体どうしたら良いんだろう。

◇◇◇

「なあ桐谷《きりたに》先生」

平日の夕方。学校があったらもう放課後になっている時間。

両親が仕事でいない中、俺はなぜか自室で桐谷先生と一緒にゲームをしていた。

「ん？　どうしたの？」

「先生さぁ、クソ強くない⁉」

俺はゲームをプレイしながら、ベッドに座っている桐谷《きりたに》先生に言った。

ゲームは格闘ゲームでお馴染《なじ》みの『ヌマブラ』。敵をフィールドから落とした方が勝ちという単純でありつつも奥が深いゲームだ。

そして桐谷先生と対戦してるんだけど、まさかの十連敗中。

バトルロワイヤルゲームと同じくらいこれも得意ゲームの一つだったのに……引きこもりゲーマーとしてさすがにこれはショックだ。

「まあこのゲーム、ちょっとやってたからね」

「いやいや、絶対にちょっとどころじゃないだろ⁉」

こっちは十試合とも、桐谷先生に手も足も出ずに完敗してるっていうのに。

「……で、桐谷先生は今日もゲームしたりするだけなのか？」

桐谷先生は初めての訪問以来、仕事の都合が良ければ必ずうちに来てくれる。

……でも最初に言われた通り、彼は本当に俺を無理に学校に行かせたりしてこない。

それどころかうちに来ては、一緒にゲームをしたり、最近のミーチューブのおすすめの動画の話をしたりしている。

「今日のところはね、そうしようかな」

「それいつも言ってるじゃん」

俺が指摘すると、桐谷先生は苦笑する。他人からしたら教師なのに何やってんの、と思うかもしれないけど……俺はたぶん彼の目的をわかっている。

「もうこんな時間か。そろそろ帰ろうかな」

桐谷先生はスマホで時間を確認すると、バッグを手に持って立ち上がる。

その後、二人して玄関へ。

「今度は二日後に来れるかな」

「そ、そっか。わかった……」

いま言った通り、桐谷先生はまたうちに来てくれるだろう。

話している時も、俺を傷つけまいと言葉を選んでくれているのもわかる。

今までの教師とは違って、本当に俺のことを助けようとしてくれていると思う。

だったら——俺もそんな彼の行動に応えるべきじゃないのか。

ドアノブに手をかける桐谷先生の背中を見て、俺はそう思った。

「先生、ちょっと待った」

外に出ようとする桐谷先生を引き止める俺。

彼は不思議そうな表情で、こっちに振り返る。

それから俺はおそらく彼が望んでいたであろう話を始めた。

「俺さ、実は中学の時から学校に行ってないんだよ」

「っ！　急にどうしたの？」

「急じゃないだろ。先生は待っていたはずだ。俺がどうして不登校になったのか話してくれることを」

いつも平然とゲームをしたり話をしたりしていたけど、桐谷《きりたに》先生は決して俺のことを詮索したりはしなかった。俺も自分のことは話さなかった。

……だけど、何となくわかっていたんだ。

おそらく彼は俺が自ら自分のことについて話すのを待っているんだろうなって。

「そうだね。さすがにこれだけ家に来てたらバレてるか」

「まあバレバレだったな」

けれど、無理に俺のことを訊《き》いてこなかったあたりは、本当に教師の鑑《かがみ》だ。

そんな彼だからこそ、いま俺は自分のことを話そうと思ったんだ。

「それでさ、これから俺がこんな風になったことについて話したいんだけど……」

「うん、聞かせてよ」

桐谷先生が靴を脱いで、もう一度玄関を上がる。

それから俺たちは話しやすいようにリビングへ向かった。

二人してリビングへ移動した後、俺は彼に不登校になってしまった原因について話した。

親友の透矢《とうや》が好きな人であり、俺の幼馴染《おさななじみ》のるいりに告白してしまったこと。

そのせいで、透矢を中心にクラスメイトからいじめられたこと。

実は昔からずっと透矢に嫌われていたこと。るいりにも小さい頃から透矢と一緒にいるために俺が利用されていたかもしれないこと。

中学三年生の頃にあったことを全て明かした。

「……そっか」

俺の話を聞き終えた桐谷先生はそれだけ呟《つぶや》いた。

「大変だったね」とか「辛《つら》かったね」とかそういう言葉がないのは、不登校になった原因が俺自身のせいでもあるからだろう。

そもそも俺は親友の好きな人に告白をしてしまったんだから。

「俺もさ、自分が悪いことはわかってるんだよ」

それでもずっと一緒だった透矢には嫌われていて、るいりにも利用されていたかもしれないことはショックだった。

だから正直、自分勝手だけどまだ二人のことを憎んでいる気持ちは残っている。

……でもやっぱり透矢とは親友に戻りたい気持ちもあって、るいりのことが好きな気持ちもまだ全く消えていない。

俺はそんな自分のことが嫌いで……。

「もうどうしたらいいかわからないんだ」

俺は語った後、最後に消え入りそうな声で呟《つぶや》いた。

すると中学の時とは違って、今度はちゃんと言葉が返ってきた。

「僕はね、間違いがない人生なんてないと思うんだ」

桐谷《きりたに》先生は穏やかな声音で言葉にすると、続けて話した。

「だって、もし今まで一回も間違いを起こさず生きてきたとしたら、それは誰とも喧嘩《けんか》をせず、小さな嘘《うそ》も一回もつかず生きてきたってことだよ？　そんな人なんているとと思う？」

「……いないかも」

俺が返すと、桐谷先生は「そうでしょ？」と温かな笑みを浮かべる。

「そう考えると人ってみんな時々、間違いながら生きていると思うんだ」

だから、俺が透矢《とうや》の好きな人に告白してしまったこと。

透矢とるいりを憎んでしまっていること。

それでも透矢とまた親友になりたいと思っていて、るいりへの想《おも》いも残っていること。

「全部間違っていることかもしれないけど、それで自分を嫌いにならないで欲しいかな」

話の最後に、桐谷先生は優しい口調でそう伝えてきた。

「でも、それは……」

自分を嫌いにならないなんて、できるはずがない。

桐谷先生の話を聞いていても、そう思ってしまった。

そんな俺の様子を見た桐谷先生が、唐突にこんなことを話し始める。

「あのさ健司《けんじ》くんと初めて話した時、僕は言ったよね。君らしいを一緒に見つけるって」

確かに桐谷先生は言っていた。

今この瞬間、自分がやりたいことができているか、自分らしく生きているかが大切で……でも俺が自分らしいとかよくわからないって返したら、彼は一緒に俺らしいを見つけてくれるって。

「君らしくあるってことは、まず君が君自身のことを好きじゃないといけないと思うんだ」

「俺が俺自身を……」

「うん、そうだよ。自分を好きじゃない人が自分らしく生きることなんてできないと思うから」

桐谷先生が言っていることは正しいと思う。

俺ももう自分のことを嫌いなままでいるのは辛《つら》い。苦しい。

……けれど、あの一件以来、何をやっていても楽しいことがあっても、いつも胸の内のどこかに透矢とるいりへの罪の意識があって、心の底から笑うこともできない。

「どうやって俺はこんな俺のことを好きになればいいいんだ？」

気づけば情けないことに、助けを求めていた。

言った直後に、本当にどうしようもないやつだな、と我ながら思った。

しかし、桐谷《きりたに》先生は呆《あき》れることもなく見捨てることもなく、今の俺のことを真剣に考えて言葉をくれたんだ。

「健司《けんじ》くんがやってしまった間違いを受け入れてしまえば良いんじゃないかな」

「受け入れる……？」

桐谷先生の言葉の意味がわからなくて、俺は少し戸惑う。

それを察したのか、彼は丁寧に説明してくれる。

「受け入れるっていうのはね、間違ったことをしてしまった君のことを君自身が認めるってこと」

透矢《とうや》の好きな人に告白してしまった自分。

透矢とるいりを憎んでしまっている自分。

それでも透矢とまた親友に戻りたい自分。

るいりのことがまだ好きな自分。

そんな間違いだらけの自分を全て認めてしまうこと。

「間違ってしまった健司くんもそれは健司くんなんだよ。だから反省はしなくちゃいけないけど、間違った自分のことを否定はしなくていいかなって」

「否定はしなくてもいい……」

桐谷先生が伝えたいことはわかった。

でも先生には悪いけど、俺はまだ……。

「やっぱり僕の言葉よりも、こっちの方が良いかも」

何も言えなくなってしまっていると、桐谷先生がビジネスバッグから何かを取り出す。

次いで、それを俺に差し出してきた。

「……映画のチケット？」

「そうだよ。ハリウッド映画のチケット」

「ハリウッド映画って……」

どうしてこんな時に？　と俺は疑問にしか思わなかった。

「これを見たら、健司くんは自分のことを好きになれるかもしれない」

「ほ、本当に……？」

訊《たず》ねると、桐谷先生は首肯する。その時の彼はどこか自信ありげな表情をしていた。

「わ、わかった」

俺はそう返すと、チケットを受け取る。

「あっ、でも健司くんっていま一人じゃ映画とか無理なのかな。なら僕と一緒に行く？」

「いや映画くらい一人で行けるって。引きこもりって言っても外に全く出れないとかじゃないし」

「そっか。じゃあ引きこもりレベルは高校時代の僕と同じくらいだね」

「それ何か嬉《うれ》しくない……」

「まあ引きこもりレベルは同じでも、ゲームのレベルは僕の方が何枚も上手だけど」

「それ引きこもりゲーマーに一番言っちゃダメなやつだろ。次は絶対に勝つからな」

俺が気合を入れて言うと、桐谷《きりたに》先生は小さく笑う。

「じゃあ僕が伝えたいことは全部伝えたから、もう行くね」

「お、おう。その……ありがとう、先生」

「教師なんだから当然のことだよ」

桐谷先生は本当に当たり前のことみたいに言う。すごい人だな、と素直にそう思った。

彼は玄関に行くと、靴を履いてドアノブに手を掛ける。

「次は健司《けんじ》くんがその映画を見た後に来たいから、一週間後くらいにまた訪問させてもらおうかな」

「わかった。その日までちゃんと映画見ておく」

桐谷先生は俺の言葉に頷《うなず》いた後、扉を開けて帰っていった。

「良い先生だな……」

初めて会った時から今日までのことを含めて、心の底からそう思った。

桐谷先生は今まで会った教師の中で断トツに良い先生だ。

「……でも、この映画には何があるんだろう」

俺は映画のチケットを眺める。

桐谷先生はこの映画を見たら、俺が自分のことを好きになれるかもしれないと言っていた。タイトルとか見ても、普通の映画に見えるけど……どんな映画なんだろう。

「……頼む」

俺は呟《つぶや》いて、期待するようにチケットを少しだけ強く握った。

◆◆◆

「水族館、楽しかったなぁ」

休日。今日も私は透矢《とうや》くんとデートをした。

彼が言った通り、今日は水族館に行って、いまはその帰りだ。

「イルカショーとかさ、あんな可愛《かわい》いイルカがすごい高さまで飛んでさ、高校生なのに少し興奮しちゃったよ」

「そうだね。イルカさんすごかったね」

楽しそうに話す透矢くんに、私は同調する。

……でも、たぶんいまの私は上手《うま》く笑えていない。

「次のデートはどこにしようかな」

「次って……サッカー部の練習はないの？　今日も一年生は休みだって言ってたけど」

「それは……大丈夫。三年生の最後の大会が近くて、新入生がいると邪魔みたいだから」

「そ、そっか……」

私と透矢《とうや》くんは別々の高校に通っているから、彼のサッカー部の事情はわからない。

だから彼の言葉を信じるしかないんだけど……最近は休日に私と出かけてばかりで本当に大丈夫なのかな。

「っ！」

不意に私のスマホに着信。

見てみると、高校で新しくできた友達からＭＩＮＥが来ていた。

メッセージを見ると、内容は今度どこか一緒に遊びに行きたい、とのこと。

それに私は「いいよー」と返す。

「るいり、誰と連絡を取ってるの？」

不意に透矢くんが訊《たず》ねてきた。

「高校で新しくできた友達の女の子だよ。今度一緒に遊ぼうだって」

「ふーん、どんな友達？」

「どんなって……普通に女の子の友達だよ」

「そうなんだ……」

透矢くんはそう言うと、隣から私の前に移動してピタリと立ち止まった。

「ど、どうしたの……？」

「とか言って、きぬとやり取りしてるわけじゃないよね？」

そう問い詰めてきた透矢くんの顔は少し恐《こわ》い。

「違うよ！　本当に友達だよ！」

「じゃあさ、スマホ見せて」

その言葉に驚いて、私は一瞬何も言葉を返せなくなる。

あの透矢くんが言った言葉とは、とても思えなかったから。

小学校の頃から彼は思いやりのある人だった。サッカーをやってる時でもチームメイトがミスをしても決して怒ったりせず、代わりに自分が取り返すと言ってしまえるくらい。

それなのに……。

「……嫌だよ」

「なんで？　やましいことがないなら見せれるよね？」

「そうだけど……こんなのっておかしいよ」

ここで私が透矢くんの言う通りにしても良い。

……でもそうなったら、上手《うま》く言えないけど、私と透矢《とうや》くんの関係は色んな意味で終わる気がする。恋人としてだけじゃなくて、友達としても……。

「じゃあどうして僕と一緒にいる時にいつも楽しそうにしてくれないんだよ！」

不意に透矢くんが叫んだ。

……しかし、すぐに彼はハッとして少し顔を俯《うつむ》ける。

「ごめん、るいり……」

「ううん、その……私もごめんね」

たまに透矢くんに楽しそうにしてないねって言われてたけど、彼は気づいていたみたい。

私が今までの彼とのデートで、一度も心の底から楽しいと思えたことがないことに。

「あのさ……るいり、ちょっとこっち向いて」

呼ばれて、私は透矢くんの方へ顔を向ける。

すると、唐突に彼は私の顎に指を添えた。

それから顔をゆっくりと近づけてきて――、

「いやっ！」

咄嗟《とっさ》に、私は透矢くんを押しのけた。

次いで、すぐに彼から距離を取る。

「……透矢くん、急にどうして」

「僕たち付き合って一年くらい経《た》つし、良いかなって……」

「だからって……今日の透矢くん、ちょっとおかしいよ」

「そうだね……本当にごめん」

透矢くんは目を伏せて、申し訳なさそうに謝る。

「こんなはずじゃなかったのになぁ……」

続けて、ぽつりと呟《つぶや》いた。私も同じ気持ちだった。こんなはずじゃなかったのに。どうしてこんな風になっちゃったんだろう。

本当だったら、今も昔と同じように三人で楽しく過ごしていたんだろうな。

そんなことを考えながら、やっぱり思う。

こんな関係続けていても、何の意味もないって。

「透矢くん、私たちね――」

「無理だよ」

私の言葉を、またいつものように透矢くんが遮る。

でも私は諦めずにもう一度、彼に伝えようとする。

「ちゃんと聞いて！　私はもう透矢くんと――」

「だから無理なんだよ!!」

一度目の時より、透矢《とうや》くんは強く否定すると、

「だって僕には、もうるいりしかいないから」

寂しそうに笑いながら言った。

今にも消えてしまいそうな彼の表情を見て、私はそれ以上何も言えなくなってしまった。

きっと何もかも、もう手遅れなんだ。透矢くんのことも……きぬのことも……。

「次のデートはさ、久しぶりに映画とか行こうか」

透矢くんは先ほどと変わらない笑顔のまま、次のデートに誘ってきた。

「……うん」

それに私は頷《うなず》くしかなかった。

……私も透矢くんも、どこで間違っちゃったんだろう。

第三章　間違いだらけの自分

とある日。俺は自宅の最寄り駅近くにある映画館にやってきた。

もちろん桐谷《きりたに》先生から貰《もら》ったハリウッド映画を見るためだ。

「桐谷先生には話さなかったけど、俺、基本邦画しか見ないんだよなぁ……」

特に理由はないけど、洋画は人生で一、二回くらいしか見たことがない。

それもるいりと透矢に誘われたからで……って、なに思い出してんだ。

とにかく洋画に詳しくない俺が桐谷先生に勧められたハリウッド映画を見て、果たして彼が言った通り自分を好きになれるのだろうか。

不安を抱きつつ、俺はとりあえず館内にあるお店でポップコーンと飲み物を購入。

その後、受付にチケットを見せて、目的のハリウッド映画が上映される場所へ移動した。

「中段の真ん中って、一番良い席かよ」

俺は呟《つぶや》きつつ、とりあえず座る。上映まではあと数分程度だ。

ところで、今回のハリウッド映画のタイトルは『フリーダム』。

幼い頃から弁護士の父親、医者の母親という両親に英才教育を受けさせられて、何一つ自由がなかった主人公の少女、マリー。

それは高校生になっても同じで、様々な習い事をやらされて、塾にも通わされて、友達とどこかに遊びに行くことすらできなかった。

そんな日々を送る中、マリーは気ままに世界中を旅しているバックパッカーの女性、アイリと出会う。その出会いをきっかけに、今まで両親の言う通りにしかしてこなかったマリーは少しずつ変わっていく。

というのが『フリーダム』の内容だ。

「……これ、日本人が出てるのか」

パンフレットを眺めていたら、キャストに日本人の名前があった。

しかも、日本人の役はバックパッカーの女性。

名前は……七瀬《ななせ》レナさんか。女優に詳しいわけじゃないけど、全く聞いたことないなぁ。

「おっ、そろそろ始まるな」

上映前の予告の映像が終わり、ブザーが鳴る。

そして、いよいよ『フリーダム』が始まった。

冒頭では、主人公の少女、マリーが両親に怒られている。試験で高得点を取ったのに、満点ではないから、という理由で二人に叱られていた。……酷《ひど》い両親だな。

それからストーリーは進んで、マリーとアイリの出会いのシーン。

マリーは塾の帰りに、空腹で道端に倒れているアイリを見つけると、心優しい性格のため放ってはおけず一緒に近くのファストフード店に入って、ハンバーガーを買ってあげた。

ちなみに放課後に友達と遊ぶことすら許されないマリーにとって、これが初めてのファストフード店だった。するとバックパッカーのアイリはハンバーガーのお礼に、マリーに自身の旅について話し始めた。

『マリーはグレートバリアリーフって知ってる？』

『そんなの知っているわ。とても有名だもの』

ファストフード店にて。アイリが問うと、マリーは当然のように答える。

『じゃあさ、実際に見たことある？』

『それは……ないけれど』

マリーの言葉を聞くと、急にアイリは彼女の手をぎゅっと握る。

『あのね！　あの海ってすごいんだよ！　目の前に数えきれないくらいの宝石が輝いているみたいなの！』

アイリは――いやアイリ役の七瀬さんはまるで子供みたいに瞳をキラキラさせていた。

……この人、本当に演技をしているのか？

そんな風に疑ってしまうほど、七瀬さんは楽しそうにしていた。

その後ストーリーの方は、アイリが色んな国の色んな話をすると、マリーは今の自分と真逆に生きている彼女に惹《ひ》かれ始める。

以来、マリーは両親にバレないように塾や習い事が終わった後に、毎日のようにアイリの旅の話を聞くようになった。

そうしてマリーは少しずつアイリのように生きたいと思うようになり——。

『ママ、パパ。実は私、歌手になりたいの』

ついには、自身が密《ひそ》かに抱いていた夢を両親に明かした。

当然ながら両親は猛反発。二人はより一層マリーに厳しくするようになってしまった。

そんなある日。マリーは塾帰りに久しぶりにアイリに会う。両親に夢のことを話して以来、マリーは門限が厳しくなりアイリと話す時間がなくなってしまっていたのだ。

マリーは門限を気にして帰ろうとするが、そんな彼女を心配したアイリが強引に引き止めて、二人は話をすることに。

そして、マリーが歌手になりたいという夢を両親に話したことを明かし、小さい頃から歌手に憧れていたことを熱く語ると、

『最高じゃん！』

アイリがとびっきりの笑顔を浮かべた。

まただ。演技のはずなのに、アイリ役の七瀬《なせ》さんが本当に心の底から嬉《うれ》しがっているよ

うな、そんな感覚に陥る。

『歌手になりたい。うん！　すごく良いと思う！』

『そ、そうかしら？』

『そうだよ！　私にはマリーの気持ちは充分に伝わったけど……でもそれを私じゃなくてご両親に伝えなくちゃ！』

アイリの言葉に、マリーは顔を下に向ける。

『……無理よ。だってパパもママもすごく反対しているもの』

不安そうに話すマリー。

するとと、アイリは優しく包み込むように彼女の両手を握った。

『大丈夫だよ。今まで沢山辛《つら》いことがあったかもしれないけど、マリーのご両親はちゃんとあなたのことを愛しているから。……ただね、ご両親はマリーのことを少し大事にしすぎているだけなの』

『……本当？』

マリーが訊《たず》ねると、アイリはこくりと頷《うなず》いた。

『だから、マリーがご両親に全力で気持ちを伝えたら必ずわかってくれるよ』

アイリは穏やかな口調で、安心させるように言う。……けれど、言葉にはちゃんと芯があって、誰かのことを動かせるほどの力が込められていた。

正直、演技のことはよくわからないけど……七瀬《ななせ》さんには自然と誰かを惹《ひ》きつけるような、不思議な魅力があった。

そして、その魅力に俺の心は震えていた。

その後、アイリに励まされたマリーはもう一度、アイリに話したように歌手になりたい想《おも》いを全力で語って両親を説得してみると、二人はそこまでの覚悟があるなら、夢を追うことを認めることにした。

そして、約五年後。

夢を叶《かな》えたマリーはライブ会場に両親を招待して、二人の前でデビュー曲を披露。

こうして『フリーダム』はハッピーエンドで終わったのだった。

「普通に面白かったな」

映画館からの帰り道。俺は一人呟《つぶや》いた。

久しぶりに映画を見たけど、思わず見入ってしまった。

「……けど、この映画でどうやったら自分を好きになるんだろう」

映画を見たら自分のことが好きになれるかもしれない、と桐谷《きりたに》先生は言っていた。

……でも、そんな要素なかったよな。ストーリーもマリーが夢を叶える良い話だったけど、自分のことを好きになることとは関係なさそうだし……。

「そういえば、あの七瀬《ななせ》さんって人、何者なんだろう」

主人公というわけでもないのに、あの人の演技には不思議と目が行った。

なんて言うんだろう……演技なんだけど演技じゃないというか。

本当の意味で役に入り込んでいるというか。

「あと、とにかく楽しそうだったよな」

そういう役だったからというのもあるけど、たぶん七瀬さん自身も演技している間、楽しい気持ちになっていたんだと思う。

……まあ俺の考えが全部間違ってる可能性も全然あるけど。

「たしかパンフレットに今回のキャストの紹介ページがあったような……」

ふと思い出して俺はパンフレットのページをめくる……見つけた！

キャストの紹介ページには、もちろん七瀬さんのことも書かれていた。

新進気鋭のハリウッド女優。今作の『フリーダム』がデビュー作で、今年、業界注目のハリウッド女優らしい。

「すげぇ人なんだな……」

日本人でハリウッド女優ってだけでも数人くらいしかいないはずで充分凄《すご》いのに、世界で注目の女優って……。

「えっ……この人の出身校って、俺が入った高校と同じなのか」

紹介ページには出身高校も書かれていて、七瀬さんは俺が入学して未《いま》だに一度も登校していない星蘭《せいらん》高校の出身だった。こんなすごい人が、俺が入学した高校にいたのか……。

「こっちにはインタビューがあるな」

目を落としたページには、七瀬さんへのインタビューについて載っていた。

俺は気になって読んでみる。

インタビューによると、七瀬さんは中学生の頃からハリウッド女優を目指すようになってアクターズスクールに通っていたらしい。高校卒業後、アメリカに単身で渡ると、まともに英語が喋《しゃべ》れるわけでもないのに、オーディションを受けまくったとのこと。

だから初めはオーディションを受けるたびに、バカにされていたようだ。

「滅茶苦茶《めちゃくちゃ》やってるな……」

七瀬さんのインタビューページを読みながら、呟《つぶや》いた。

でも同時に、その勇気がすごいなとも思う。俺だったら絶対に無理だ。

七瀬さんはひたすらオーディションを受け続けていると、五十回目くらいである事務所の社長の目に留《と》まったらしい。こんなにアホなやつは初めて見た、と。

以後、その社長が経営している事務所にスカウトされると、英語も演技も徹底的に指導された。

時には厳しい指導をされた時もあったみたいだが、それでも七瀬さんはめげることなく努力を続けて、渡米直後とは比べ物にならない成長を遂げて、夢だったハリウッド女優になることができたのだ。

「……夢か」

俺にもプロサッカー選手って夢があったな、と思い出す。

……まあ強豪校の推薦の話もなくなったし、何もかも手遅れだけど。

それから引き続きインタビューページを読み進めていくと、インタビュアーがこんな質問をしていた。

『七瀬《ななせ》さんはどうして自身がハリウッド女優になることができたと思いますか？』

確かに気になる。七瀬さん自身はなんで夢を叶《かな》えられたって思ってるんだろう。

俺はすぐに彼女の返答を見てみる。

『いつも自分らしく生きてきたからですね！』

そこには七瀬さんの笑顔の写真と共に、そんな言葉が書かれていた。

彼女の言葉は続く。

『ハリウッド女優になりたいって思った時から、私はどんな時でも自分に嘘《うそ》をつかずに自分らしく生きてきました！　周りが騒いでも気にせずに、私は自分が生きたいように生きてきたんです！』
苦しいことがあっても、辛《つら》いことがあっても自分が思った道を突き進んだ。
それだけは絶対に曲げなかったらしい。
『そんな風に生きていたら、ハリウッド女優になってました！』
七瀬さんはいつの間にか叶っていた、みたいな言い方で答えている。
それほどちゃんと夢に向かって生きていたんだろう。
そして、彼女はインタビューの最後をこう締めくくった。
『自分らしく生きていた方がどんな人生より絶対に一番楽しいですから！』
インタビューを読み終えた後、俺はゆっくりとパンフレットを閉じた。
「自分に嘘をつかず自分らしく……か」
七瀬さんはそう言っていた。
そっか。だからこそ、彼女の演技はあれだけ誰かを惹《ひ》きつけることができるんだ。
きっと演技をする時も自分らしくいるから。
……じゃあ俺はどうなんだ、と考えてみる。
果たして、自分に嘘をつかずに生きているだろうか。

自分らしく生きているだろうか。

「……そんなことないな」

毎日ゲームばかりして、それ以外はただボーっとしたり惰眠をむさぼるだけ。

ゲームは好きだけど、俺の場合は人生を捧《ささ》げるほど好きってわけじゃない。

じゃあ俺はどうしたい？

本当はどうなりたいと思っている？

俺は暫《しばら》く思考して——一つの答えが出た。

だが……。

「本当にこれで良いのか……？」

自分が出した結論に、疑問を抱いてしまう。

だって、それはとても許されることではない気がして……。

「桐谷《きりたに》先生が家に来るのは三日後か……」

先生と話さないといけないという気持ちと、自分の答えに不安を抱えたまま先生と会いたくない気持ちが混じり合う。

自分らしく……か。単純なことのようで、とても難しいことだよな。

それを自分の人生で実行している七瀬《ななせ》さんのことを素直に尊敬した。

俺も彼女のように生きてみたい。

……けれど、本当にできるのだろうか？

◆◆◆

「洋画なんて見るの久しぶりだな」

隣の席に座っている透矢《とうや》くんがそう口にする。

今日も私は彼とデートをしており、この前約束していた映画館に来ていた。

そういえば、私も洋画を見るのは久しぶりかもしれない。

中学に入ったばかりの頃、きぬと透矢くんと私の三人で一緒に見て以来だ。

……って、私は何を思い出しているんだろう。

「るいりも楽しみだよね？」

「えっ……う、うん。そうだね」

透矢くんに笑顔で訊《たず》ねられて、私も笑顔で返す。

でもいつも通り、きっと私は上手《うま》く笑えていない……。

水族館デートの帰りに起きた一件以来、私も透矢くんもズルズルと恋人関係を続けている。お互いこのまま良いなんて思ってないのに……。

「そろそろ始まるね」

透矢《とうや》くんの言葉を聞いて、私はモニターに目を向ける。

直後、ブザーが鳴って上映が始まった。

今日見る映画のタイトルは『フリーダム』。

最近、流行《はや》っている映画らしい。

始まった瞬間、私と透矢くんは静かに映画を見ていく。

すると、映画の中に出てくるアイリという女性が目に留《と》まる。

正確には、アイリという役を演じている七瀬《ななせ》レナさんという日本人の女性だ。

『あのね！　あの海ってすごいんだよ！　目の前に数えきれないくらいの宝石が輝いているみたいなの！』

七瀬さんは楽しそうに表現する。

実は演技じゃないのでは？と錯覚してしまうほど。

本当に楽しそうで……何だか羨ましく感じてしまった。

『最高じゃん！』

それからも七瀬さんは、ずっと楽しそうに演技をし続ける。たとえそういう場面じゃない時でも、演技が好きなんだって気持ちが伝わってくるような演技をしていた。

『だから、マリーがご両親に全力で気持ちを伝えたら必ずわかってくれるよ』

そして、私は七瀬さんの演技に心の底から感動した。

同時に私もこんな風になれたら、と思った。

女優になりたい、とかそういう意味じゃなくて、彼女のような生き方をしてみたい！

映画を見終わったあと、自然と私はそう思ったんだ。


「七瀬さんって高校から一人でアメリカに行ったんだ」

映画館を出た後、私はパンフレットを眺めていた。

見ているページには、今回ハリウッドデビューした七瀬さんへのインタビューについて書かれていた。

インタビュアーからどうして夢だったハリウッド女優になることができたか？と訊《たず》ねられると、七瀬さんは自分らしく生きたから、と答えている。

加えて、彼女はこうも言っている。

自分らしく生きていた方がどんな人生より絶対に一番楽しい！と。

この言葉を見た瞬間、私の胸の奥で何かが大きく響いた。

「映画、すごく面白かったね！」

隣を歩いている透矢くんが話しかけてくる。いつものように笑顔で。

彼は私と話すときはずっと笑っている。

……でも、きっとその笑顔は七瀬さんの自分らしくって言葉とは真逆で――。

「あのね透矢《とうや》くん、話があるの」

歩くのを止めて、私はそう言った。すると、透矢くんもピタリと足を止める。

七瀬《ななせ》さんの演技を見て、七瀬さんの言葉を知って、私は考えた。

私はいま自分らしく生きているのかって。

中学生の頃、私は大きな間違いを犯してしまった。

たとえどんな理由があっても、きぬのことを助けるべきだったんだ。

ついさっきまで、私はもう何もかも手遅れだと思っていた。

でも、きっとまだ間に合う。今日、七瀬さんがそう思わせてくれたんだ。

「透矢くん、私たちやっぱり――」

「ちょっと待って」

私が話そうとすると、透矢くんにまた遮られた。

……けど、私はもう迷わない。私自身のためにも、透矢くんのためにも。

ちゃんと彼に伝えなくちゃいけないから。

しかし――。

「実はね、僕からも話があるんだ」

予想外なことに透矢くんの口からそんな言葉が出た。

私は驚いて、黙ってしまう。

「聞いてもらってもいいかな？」

そう訊《たず》ねる透矢くんは真剣な眼差《まなざ》しをこちらに向けていた。

どうやら大切な話みたい。

「……うん、わかった」

私は小さく頷《うなず》く。

それから透矢くんは私に話し始めたのだった。

◇◇◇

前回の訪問からちょうど一週間後、俺が映画を見てから三日後。

約束通り、桐谷《きりたに》先生はうちに訪ねてきた。ちなみに今日も両親は二人とも仕事でいない。

「早速だけど健司《けんじ》くん、映画は見に行った？」

二人してリビングのソファに座ると、いきなり桐谷先生は訊ねてきた。

「見に行ったよ。普通に面白かった」

「そっか。それは良かった」

桐谷先生は安心したように言うと、俺が用意した温かいお茶を一口飲む。

「……で、君は自分のことを好きになれたかな？」

「その話をする前に……先生、一ついいか？」

「？　別に良いけど、何かな？」

桐谷《きりたに》先生が問い返してくると、俺は映画とそのパンフレットを見て気づいた、あることについて話した。

「あのさ、映画に出てた七瀬《ななせ》レナさんって日本人の女優、ひょっとして高校時代の桐谷先生のことを変えてくれた人なのか？」

俺の問いに、桐谷先生は少し驚いた表情を見せる。

しかし、それから彼は恥ずかしそうに笑った。

「バレちゃったか」

「やっぱりそうだったんだな」

七瀬さんはインタビューで自分に嘘《うそ》をつかずに自分らしく生きてきた、と言っていた。

一方、桐谷先生のことを変えてくれた同級生の女子も常に自分らしくある人だったと彼自身から聞いた。

加えて、桐谷先生は自分のことを変えてくれた同級生の女子は、今はハリウッド女優になったと嬉《うれ》しそうに言っていて、七瀬さんもハリウッド女優だし、これで彼女と桐谷先生のことを変えた女子は同一人物でほぼ確定だと思った。

「それで七瀬さんが出てる映画……というより、彼女のことを見たら俺が自分のことを好きになれると思ったんだろ？」

「そうだね。七瀬は演技をしている時が一番彼女らしいし、彼女自身も演技をしている彼女が一番好きだから」

だから演技をしている七瀬さんを見たら、俺も自分のことが好きになるのでは、と考えたらしい。

「正直に言うと七瀬さんの演技を見ても、俺は自分のことを好きにはなれていないと思う」

「……そっか」

残念そうに顔を俯《うつむ》ける桐谷先生。

けれど、俺の話にはまだ続きがあった。

「でもな先生、七瀬さんのことを知って、俺は自分のことを嫌うのはもう止《や》めようって……そう思えたんだ」

透矢《とうや》の好きな人に告白してしまった自分。

透矢とるいりを憎んでしまっている自分。

それでも透矢とまた親友になりたいと思っている自分。

るいりのことがまだ好きな自分。

そんな自分のことがとても嫌いだったけど、七瀬さんを見て思ったんだ。

いつまでも自分のことを嫌ったままだと、それは逃げなんじゃないかって。

だからもう自分を嫌うのは止《や》めて、全てを受け入れよう。

情けなくて弱くて、間違いだらけの自分を認めよう。

そう思えたんだけど……。

「健司《けんじ》くん……？」

急に喋《しゃべ》らなくなった俺を見て、桐谷《きりたに》先生が心配そうに名前を呼ぶ。

しかしすぐには言葉を返せず、少し沈黙があったのち俺は口を開いた。

「桐谷先生、俺は本当にこれで良いのかな？」

恥ずかしいほど弱々しい声で俺は訊《たず》ねた。

自分を嫌うことを止めて、今までの間違った自分を認めることができたら、きっと今より前に進めると思う。

でも同時に間違った自分を認めたら、自分の中で今まで自分がしてしまった行いを許しているような気がして……。

そんな考えが俺の決断を迷わせていた。

「大丈夫。健司くんは自分に都合の良いように、自分がやった行動を許してしまうような人じゃないから」

俺が全てを話すと、桐谷先生は優しい声音でそれだけ言った。

「……そんなのわからないだろ」

「わかるよ」

俺の言葉に、桐谷先生は躊躇《ためら》いなくそう返す。

それから彼は話を続けた。

「だってこうして健司くんの家に通って、僕はずっと君と会話を交わしてきたんだから。

それでも君は僕の言うことを信じられないかな？」

桐谷先生は自信があるような口調で訊《き》いてくる。

普通だったら、今の俺は誰の言葉も信じられていないと思う。

それくらい自分の決断に自信を持てなかったんだ。

だけど、俺のために沢山のことをしてくれた彼がそう言ってくれるのなら——。

「……信じたい」

絞り出すような声で、俺は答えた。

「だったら健司くんは安心して、今までの君自身のことを認めて良いんだよ」

それに俺は言葉を返さず、代わりに小さく頷《うなず》いた。

そしてこの瞬間、俺は自分を嫌うことを止めた。

情けなくて弱くて、間違いだらけの自分も認めることにした。

そうしたら何となくだけど、体が少しだけ軽くなった気がした。

ひょっとしたら、これは今よりほんの少し前に進めたってことなのかもしれない。

「あとね健司《けんじ》くん、やっぱり僕はゆっくりで良いから君が少しずつ自分のことを好きになってくれたら嬉《うれ》しいかな」

「それは……いつか自分のことを好きになれるように頑張ってみるよ」

今すぐは無理だけど……自分の中で全ての整理がついたら、その時は自分のことが好きになれたらって思う。

「うん。今はその答えが聞けただけでも、僕は嬉しいよ」

桐谷《きりたに》先生は安堵《あんど》するように笑った。それだけ俺のことを心配してくれていたんだ。

「それで今までの自分のことを認めた健司くんは、これからどうしたいのかな?」

「その……俺は具体的にどうしたら自分らしく生きられるのかまだわからないけど……でも、とりあえず今の自堕落な生活は止《や》めようと思う」

桐谷先生は引きこもっていても自分らしく生きていたら良いって言ってくれたけど、俺の場合は自分らしく生きるには少なくとも家の中にいたままじゃダメだと思ったから。

――と桐谷先生に話すと、

「すごく良い決断だと思うよ!」

彼はとても喜んでくれた。それを見て俺も嬉しく感じると同時に、少しほっとした。

「じゃあ健司くんは、これから引きこもり卒業になるわけだ」

「一応そうなるな。学校に行くかはまだ決めてないけど」

外には出たいと思っているから、バイトとかでも全然良い。

とにかく今の生活を変えたいと思っている。少しでも、もっと前に進むために。

「けど本当に良かった。健司くんがこんな風に前向きになってくれて」

もし七瀬《ななせ》を見ても健司くんが何も感じなかったら教師として失格だった、と桐谷先生は続けて言う。

「桐谷先生が教師失格だったら、世の中にいる先生はみんな教師失格だな」

「いや、それは言い過ぎだよ」

「そんなことない。それくらい桐谷先生は良い先生なんだ」

俺が言うと、桐谷先生は恥ずかしそうに頭を掻《か》く。

別にお世辞とかじゃない。俺は本当に彼を良い先生だと思っているし、感謝している。

……でも、そんな彼に俺はまだ一つだけ疑問が残っていた。

「なあ桐谷先生、どうして先生はここまで俺のことを気にかけてくれたんだ？」

「それはもちろん僕が教師で、君が生徒だからだよ。教師が生徒を助けるのに理由なんている？」

「いらない……のかもしれないけど、何となく桐谷先生には他にも理由がある気がする」

確かに桐谷先生は優しいから、普通に生徒を助ける感覚でここまで俺の面倒を見てくれたのかもしれない。

……でも時間が空いたら必ずうちに来てくれたし、無理に俺のことを詮索せずに根気よく会話をしてくれたし、わざわざ七瀬《ななせ》さんの映画のチケットまでくれたし。

いくら桐谷《きりたに》先生が優しいからって、ただの生徒にここまでするのは少し違和感がある。

「そうだなぁ……僕はそんなつもりなかったんだけど、もしかしたら健司《けんじ》くんが僕にできなかったことをやったから、余計に助けたくなったのかもしれない」

「先生にできなかったことを……？」

桐谷先生の言葉を聞いても、全く意味がわからなかった。

俺がいつ、彼にできなかったことをやったというのだろう？

「僕はね、高校時代に好きな人がいたんだ」

少し戸惑っていたら、桐谷先生がゆっくりと話し始めた。

「その人にね、卒業式の日に告白しようとしたんだよ。……でも結局告白はできなかった」

「えっ……どうして？」

「彼女には夢があったから。とても大きな夢がね」

そう答えた後、桐谷先生は続ける。

「だから告白する直前に自分の想《おも》いを伝えるよりも、彼女の夢を応援した方が良いと思ったんだ」

桐谷先生は当時のことを思い出したのか、寂しそうな表情を浮かべていた。

高校時代に大きな夢があったって……！

「先生の好きな人って、ひょっとして――」

「そうだよ。僕は七瀬のことが好きだった。いや正直、今も好きなんだと思う」

俺の言葉の途中で、桐谷先生が少し恥ずかしそうにそう口にした。

「その……会いに行ったりとかはしないの？」

「アメリカに？　無理だよ。僕だって仕事があるしね」

桐谷先生は軽く笑いながら返す。

「それに彼女は夢を叶《かな》えて、人生で一番楽しい時だろうからそんな大切な時間を邪魔したくないんだ」

「そ、そっか……」

桐谷先生の言葉を聞いて、俺は素直に尊敬した。

こんな風に好きな人を想うことができる人がいるんだって。

「ごめん。ちょっと話が脱線しちゃったね」

桐谷先生は謝ると、続けて話す。

「つまり僕が言いたいのはね、僕は好きな人に想いを伝えることはできなかったけど、過程はどうであれ健司くんは好きな人に想いを伝えたから、少しだけ君のことを助けたい気持ちが強くなったのかもしれない」

「そうだったんだ……」

桐谷《きりたに》先生が穏やかな口調で言うと、俺は一言だけそう返す。……でも、いま先生も言ったように、俺の告白は過程が最低でとても褒められたものじゃない。

「さて、そろそろ僕は帰ろうかな」

それを聞いてスマホで時間を確認すると、桐谷先生が来てから一時間は経《た》っていた。

彼は帰る準備をすると、玄関へ向かう。

「じゃあ明日から頑張ってね」

「お、おう。その……桐谷先生、色々ありがとう」

「うん、じゃあね」

桐谷先生がドアノブに手をかけた瞬間、俺は思った。

もう俺は今までの自分とは変わることができたから、きっとこれから彼が家に来ることはなくなるだろう。

今後、もし俺が学校に行かない選択を取ったら、もう二度と彼に会えない可能性だってある。

「桐谷先生！」

気づいたら、俺は彼の名前を呼んでいた。

「？　どうしたの？」

「その……先生のおかげで俺は救われたんだ」

だって桐谷先生がいなかったら、今もまだ俺は引きこもって、現実からも目を背けたまま
ずっと過ごしていただろう。

桐谷先生は、俺にとって唯一の救世主だったんだ。

だから――。

「本当にありがとう！」

改めてちゃんと桐谷先生に伝わるように心を込めてお礼を言った。

「僕も健司《けんじ》くんと会えて良かったよ」

「先生……」

桐谷先生の言葉に、少し泣きそうになる。過去に親友にずっと嫌いだったって言われた
俺にとって、会えて良かったなんて素敵な言葉は心に深く響いた。

「じゃあね、健司くん」

「……先生、じゃあな」

お互いに言葉を交わすと、桐谷先生は扉を開けて出て行った。

本当に良い先生だった。叶《かな》うならばもう一度会いたい。

……でも、その前に俺にはやらなくちゃいけないことがある。

「これからどうするか、ちゃんと決めないとな」

今までは先のことを考えたって憂鬱になるだけだから、一切考えないようにしていた。

けど、今は未来のことを考えることにワクワクしている自分がいる。

これも全て桐谷《きりたに》先生のおかげだ。

桐谷 翔《かける》先生——本当に最高の先生だった。

◇◇◇

桐谷先生が帰ったあと。

俺は自室のベッドに寝転んで、これからのことについて考えていた。

この引きこもった現状を変えるには、とにかく外に出た方が良い。

学校に行くでも、バイトをするでも、ボランティア活動するとかでもアリだ。

じゃあ俺はどうしたら桐谷先生が言っていたように、映画で魅せられた七瀬《ななせ》さんのように、自分らしく生きられるだろうか。

間違いだらけの俺が俺らしい人生を送れるだろうか。

「……わかんねぇ」

暫《しばら》く考えても、なかなか答えは出てこない。

まあそう簡単に思いつくわけないか……。

「っ！」

不意に何かが落ちる音が聞こえた。

何事かと振り向くと、床にはサッカーボールが落ちていた。

中学の頃、俺がいつも自主練で使っていたマイボールだ。

「……そういや置きっぱなしにしてたっけ」

引きこもるようになってサッカーなんて一切しなくなったのに、捨てることもせずに部屋にずっと置いたままだった。

サッカーボールに近づくと、俺はそれを拾い上げる。

ボールは傷だらけで、バカみたいに練習した跡が残っていた。

「俺、どんだけ練習してんだよ」

サッカーボールを眺めながら、一人で呟《つぶや》いた。

透矢《とうや》やるいりと色々ある前は、プロを目指してひたすら練習してたよな。

「……もう一回、やりたいな」

サッカーをもう一度全力でやってみたい。

ボロボロのサッカーボールを見て、俺はそう思った。

「あと、同級生と仲良くなれたら良いよな」

俺は中学の頃までは、るいりと透矢ばかりと一緒にいた。

部活でチームメイトはいたけど、遊んだりしたことはなくて……。

幼馴染《おさななじみ》と親友以外に、ちゃんと友達と呼べる人がいなかったんだ。

だから高校に行ったら、今度は同級生と仲良くなりたい。

今までの俺だったらもう遅いって諦めてたけど、桐谷《きりたに》先生と出会ったおかげで今は全くそう思わなかった。

「サッカーをやるんだったら……やっぱり学校のサッカー部に入りたいよな」

ついさっき、桐谷先生に今生の別れみたいな挨拶をしたのに、結局学校に行くのか。

……とんでもなくダサいな、俺。

でも俺は中学の途中で学校に行かなくなって、以来俺の人生は止まってしまった。

だからこそ、もう一度人生を動かす場所は学校が一番良いと思う。

高校には入学して二か月以上、ずっと登校していない。

もし俺が登校したら、同級生たちから必ず変な目で見られるだろう。

それでも俺は学校に行って、同級生たちとも仲良くなって、サッカー部にも入って好きなサッカーを全力でやって――そんな中学の頃にはやり遂げられなかった学生生活を送りたい。

きっとこれが今の俺が自分らしく生きるってことだから。

「とりあえず明日、散髪でも行ってこよう」

ひどく長く伸びた髪を触る。さすがにこの髪で学校には行けないからな。

そうやって準備を整えたら、学校に行こう。

同級生たちは既に友達を沢山作っているだろう。

対して、俺は当然ながら知っている同級生は誰一人としていない。

そういう意味では不安は大きい。

……でもそれ以上に、今までとは違う毎日を送れる気がして俺は学校に行くのが楽しみでもあった。

「俺らしく頑張るか」

桐谷先生と七瀬《ななせ》さんから貰《もら》った言葉を呟《つぶや》く。

たぶんその時の俺は少し笑っていた。

◇◇◇

学校に行くことを決めてから翌日の晩。

明日、学校に登校するため教科書やら色々を準備していた。

教科書とかどうせ使わないだろうと思って、クローゼットの奥底に置いてあったからな。髪は昼間に切ってきてスッキリしてきた。ひょっとしたらちょっとイケメンになったかもしれない……いや、全然そんなことないな。

ちなみに両親には学校に行くことはもう伝えてあって、俺が学校に行くって言ったら二人とも少しびっくりして無理してないか？って結構心配されてしまった。

けれど、俺がちゃんと自分の意志で学校に行きたがってるってことを説明したら、父さんも母さんも頑張れって応援してくれた。

この時、正直俺にはもったいないくらいの父親と母親だなって思った。

「これで起動っと」

学校に行く準備を終えた後、俺はゲーム機に近寄って電源を入れた。

先に言っておくけど、ここまで来てやっぱ前の自堕落な俺に戻ろうって思ってるわけじゃない。

両親には伝えたけど、まだ俺の決断を伝えなくちゃいけない人がいるんだ。

その人は俺に誰かと一緒にゲームをすることが楽しいって伝えてくれた人で、どん底だった時の俺のことを助けてくれた人。

『久しぶりだな、きぬ！』

ゲーム機の電源を付けて数分後。ヘッドフォンから男性の声が聞こえてきた。

マルマルだ。

「久しぶり、マルマル」

『最近、全然ゲーム誘ってくれなかったからよ。引きこもり過ぎてとうとうゲーム機を壊されたのかと思ってたわ』

「うちの親はそんな物騒なことしないよ」

マルマルはうちの両親にどんなイメージを抱いているんだ……。

桐谷《きりたに》先生がうちに訪問するようになって、それをきっかけに俺も自分のことを考えるようになってから、マルマルとのゲームは必然的に減っていた。

だから彼と話すのは本当に久しぶりだ。およそ二週間ぶりくらい。

桐谷先生と会う前までは、毎日のようにゲームを一緒にやっていたからな。

そう考えたら、マルマルがゲーム機を壊されたって想像してもおかしくないのかもしれない。

『今日は何のゲームする？』

「そりゃもちろん、いつものだろ」

それから二人して、今まで一番一緒にやっているであろうバトルロワイヤルゲームを始める。俺がこのゲームを選んだ理由は、格闘ゲームとかよりこっちの方がプレイ中でも割と暇な時間があって、会話がしやすいからだ。

「なあマルマル」

『どうした？　オレにゲームのコーチングでもしてもらいたくなったか？』

「いや違う。……でもコーチングはちょっとしてもらいたいな」

『そっか。じゃあ一時間につき一万円な』

「金取るのかよ!!　しかも高いな!?」

俺がツッコむと、マルマルはケラケラと笑った。

彼がからかうから、話が脱線してしまった……。

「まあコーチングの話は今はおいておいて、マルマルに話さなくちゃいけないことがあるんだよ」

『オレに話さなくちゃいけないこと？』

それに俺は「そうだ」と返すと、続けて話す。

「実は俺さ、明日から学校に行くことにしたんだ」

そう告げると、少しだけ間が空いたあと、

『……そっか』

マルマルはそれだけ呟《つぶや》いた。

その声音はどこか少しだけ悲しそうだった。

「だからな、その……部活も入るつもりだし、これからは今みたいに頻繁にゲームを一緒にやったりとかはできなくなると思う」

『そりゃそうだ。学生で部活も入るとなったら忙しいもんな』

「……でもな、マルマルとゲームしてる時はすごく楽しいし、時間があったらこうやってまた一緒にゲームやろうぜ。絶対に俺から誘うから」

これは本心だ。マルマルとゲームをしている時は本当に楽しい。

だから俺が学校に行くからって、そのままバイバイってなるのは嫌だった。

これからも俺はマルマルとずっと仲良くしていたい。


『それは無理だな』


不意にマルマルから言葉が放たれた。

「えっ、どうして……」

突然の出来事に、俺は動揺しながら訊《たず》ねる。

『きぬはこれから前に進もうって思ってんだろ。だったらオレみたいな訳のわからないやつに構わなくていいんだよ』

「訳のわからないやつって、それはお前が何も教えてくれないからで……それでも俺はマルマルのことは良いやつだと思ってるし、一緒にゲームとか話したりとかしたいんだよ」

『なんだそれ。めちゃくちゃ嬉《うれ》しいこと言ってくれんじゃねーかよ』

マルマルはそう返すけど、この先も俺と一緒に遊ぶとは言ってくれない。

どうしてだよ……。

『ってかきぬ、敵いるぞ』

「あっ……」

話に夢中になりすぎてゲームのことを全く考えてなかった。

マルマルに指摘されて気づいたが、もう遅い。

俺はあっという間に倒されて、マルマルに関してはもう既に倒されていた。

「マルマルらしくないな」

『お前もだろ』

二人で言い合ったあと、暫《しばら》く沈黙が続く。

どうしてマルマルはこんなにも、これからも俺と関わっていくことを拒むのだろう。

マルマルは俺のことが嫌いだったのだろうか。

透矢《とうや》との一件が思い起こされて、とても不安になる。

『オレもな、本当ならこれからもお前とこうやってゲームしていたいよ』

「っ！　なら、なんで……」

『オレと関わっても、今のきぬに良いことがないからだ』

「何言ってんだよ。そんなことないって」

『そんなことあんだよ』

マルマルは躊躇《ためら》いなくはっきりと断言した。そして、彼は続ける。

『オレがいたら、もしきぬに何かあった時逃げ道になっちゃうだろ。せっかくお前が前に進んだのに……それは良くない』

「それは……そうかもしれないけど、でも俺は――」

『きぬにオレはもう必要ないんだよ』

俺の言葉を遮るように、マルマルはそう言った。

やり切ったような、でも寂しいようなそんな声色だった。

「必要ないって、俺はそんなこと思ってないのに……悲しいこと言うなよ」

『でもそれが事実なんだ。わかってくれ』

マルマルが言っていることは正しいのかもしれない。

それでも俺は言うことを聞かない子供みたいに、彼の言葉を受け入れられなかった。

『さてと、用済みのオレはここら辺で退散しますかね』

「っ⁉　急に何言ってんだよ⁉」

唐突に言い出したマルマルの言葉に、俺は焦って引き止める。

しかし、彼は止まることなく——。

『じゃあな、きぬ』

「お、おいっ！　ちょっと待てよ！　俺はまだお前と話したいことが——」

言っている間に、マルマルのボイス表示がオフになってしまった。

これでもう彼の声は聞こえない。

「こんな別れ方ないだろ……」

もう二度とマルマルと話せないなんて……。

一番辛《つら》かった時期に一緒にいてくれたお前には桐谷《きりたに》先生と同じくらい、いやひょっとしたらそれ以上に感謝してるんだ。

せめて最後にお礼くらい言わせてくれよ。

そうやって俺が後悔していると、ゲーム内チャットに一件のメッセージが飛んできた。

それはなんとマルマルからだった。

『頑張れ』

一言だけそう書かれていた。

でも、それだけで彼の気持ちが充分伝わってきた。

「マルマル……」

胸の奥が熱くなる。油断したら泣いてしまいそうだ。

けれど、せっかくマルマルがエールを送ってくれたんだから、弱々しいことはしたくない。俺は必死に涙を堪《こら》えて、チャットを打ち返した。

『今まで本当にありがとう！』

俺のメッセージに返事は来なかった。

……だけど、マルマルは見ていると思う。

俺がどれだけ感謝してるかってことも、きっと伝わってるはず。

「頑張らなくちゃな」

マルマルのメッセージを眺めながら、俺は気を引き締める。

明日、教室に行って自分の席に着いたら、隣の席の人に挨拶をしてみよう。

そうしたら塞ぎこんでいた頃の自分から変わって、自分らしく生きる新しい自分をちゃんとスタートできる気がするから。

「サッカー、練習しとくか」

中学の途中から今まで全くボールに触れてこなかった。

このままだと部活に入ったとしてもロクにプレーできないだろう。

一夜漬けじゃどうにもならないけど、それでも少しでもマシにプレーできるようにしておかないと。

サッカーボールを手に持つと、すぐに俺は玄関に向かう。

両親が帰ってくるまで、とりあえず軽く家の前でリフティングでもしておこう。

「マルマル、見ててくれよ。俺、頑張るからな」

外に出ると、俺はリフティングを始める。

サッカーボールを蹴っていて、こんなにワクワクするのは久しぶりだった。

◇◇◇

「緊張してきたな……」

翌朝。俺は一人で通学路を歩いていた。

高校に入学して二か月以上経《た》って、初めての登校だ。

学校に近づいていくに連れて、周りには同じ制服を着た生徒が増えていく。

昨日、気合を入れたものの、こうやって生徒たちを見るとさすがに緊張してきた。

この中に俺のクラスメイトとかいるかもしれないし。

「おぉ、これが星蘭《せいらん》高校か……」

校門の前に到着すると、俺は校舎を眺める。

特徴もなく、ごく普通の高校って感じの外装だ。

一応、入学試験を受けた時に一回だけ高校には来たんだけど、校舎とかよく見てなかったからうろ覚えだった。

それから俺は他の生徒たちと同じように校舎の中に入ると、下駄箱《げたばこ》で靴を履き替える。

普通なら下駄箱に置きっぱなしの上靴に履き替えるだけだけど、俺は今日が初登校なので上靴は自宅から持ってきていた。

袋から上靴を出すときに、近くの生徒が不思議そうにこっちを見ていて、ちょっと気まずくなった。そんなことがあったのち、俺は一階にある一年生の教室へ向かう。

「たしか俺は1－Dだったはず」

廊下を歩きながら、俺は自分の教室を探して――見つけた。

早速、教室に入ろう……と、その前に中の様子を覗《のぞ》き見してみる。

教室では、クラスメイトたちがそれぞれ何人かのグループに分かれて会話をしていた。

陽キャっぽいグループ、物静かなグループ、オタクっぽいグループ、部活仲間であろうグループ。中学でもよくあった光景だ。

「大丈夫、俺なら大丈夫」
自分に言い聞かせるように、俺は何度も呟《つぶや》いた。
今日から俺は自分らしく生きるんだ。
そして、これはその最初の一歩。
「いくぞ」
俺は勢いよく教室の扉を開いた。
クラスメイトたちは雑談に夢中で、ほとんど俺に気づかない。
でも、数人は俺の方を見て誰だよこいつ？ みたいな視線を向けていた。
「まあそうなるよな……」
呟きつつ、俺は教卓にある座席表を確認してから自分の席へ向かう。
とりあえず昨日、決めていた通りまずは隣の席の人に挨拶をしよう。
そこから新しい自分が始まるんだ。
自分の席に着いたあと、右隣の人はいなかったので左隣の人に挨拶をすることにした。
そういや面と向かって同年代の人と喋《しゃべ》るのって、いつ以来だろう。
桐谷《きりたに》先生は俺より全然大人だし、マルマルは年齢不詳だし。
……そう考えると、また緊張してきた。
落ち着くために、俺は一つ深呼吸を入れる。……よし、大丈夫。

それから、俺は満を持して隣の人に挨拶をした。

「おは――」

途中、言葉が止まった。

別に挨拶をするのが嫌になったとか、ビビッて止《や》めたとかじゃない。

そんなことよりも衝撃的なことが目の前にあったんだ。

「……るいり？」

驚きつつ、名前を呼ぶ。

すると、隣の彼女は気まずそうにこちらを振り向いて、

「……おはよ」

小さな声で挨拶を返してきた。

俺が入学した星蘭《せいらん》高校には、俺の幼馴染《おさななじみ》であり好きな人――相馬《あいま》るいりがいた。

第四章　シェーマ

「おい田中《たなか》！　まだ走り始めて一時間しか経《た》ってないのにバテんじゃねぇ！」

星蘭《せいらん》高校のサッカーコートにて。

一年生のみランニングしている中、ストレッチをしているサッカー部の二年生の先輩からお叱りを受ける。ちなみに三年生は既に引退しているので、二年生が最上級生だ。

「はい！　すみません！」

俺は謝ってから、再びサッカーコートの外周を走り出した。

高校に通い始めて一週間が経った。

クラスメイトたちと仲良くなって、部活でも良いプレーを連発して仲間から信頼を得て……みたいなのが理想だったんだけど、当然そんなに上手《うま》くはいかない。

現状はクラスメイトたちとはやっぱり距離感があって、部活でも大きくはないけど大会が近いこともあり一年生は走り込み中心のメニューで、俺はこの有様だ。

まあ学校に登校するのは約一年ぶりだし、サッカーもロクに練習してなかったから仕方がない。地道に頑張っていこう。

「……でも、どうしてあいつがここにいるんだ」

走りながらチラリとベンチがある方を見る。

そこには顧問の先生がいて、隣にはるいりが立っていた。しかも、つい最近マネージャーになり始めたのだとか。タイミングが良いんだか悪いんだか……。

そういえば、透矢《とうや》とはどうなっているんだろう。

中学の時みたいな最低なことは二度とするつもりはないけど、単純に気になった。

まあ今も付き合っているんだろうな。透矢も俺と同じように小さい頃からずっと彼女のことが好きだったみたいだし。

「っ！」

るいりの方を見ていたら、うっかり彼女と目が合ってしまった。

すぐにお互い目を逸《そ》らす。……気まずい。

初めて登校してから今日まで、るいりとは最初の挨拶以外は一切喋《しゃべ》っていない。

正直俺の方は、中学で俺がいじめられている時どう思ってた？とか、小さい頃から俺のことが嫌いだったのか？とか、訊《き》きたいことが山ほどあった。

……でも話しかけようとしても、あっちがずっと避け続けるんだ。

まあ避けるってことは、昔から本当に俺のことが嫌いだったってことかもしれないけど。

そうだとしても、せめて本人の口から聞きたい。

それと引きこもっていた時あれだけ憎んでいたのに、いざ会ってみると憎しみよりも好きな人と再会できた喜びの方が大きかった。本当に俺ってなんか……情けないな。

けどこれ以上、好きな人を憎まないで済むことに少しほっとした。

「田中《たなか》！　もっとスピード上げろ！」

「は、はい！」

再び先輩のお叱りを受けたあとに、俺は走りだす。

これから自主練でもっと走り込みを増やそう。体力つけないとマジで死ぬわ。

そう思いつつ、俺はぜぇぜぇ言いながら走る。

すると、今度はベンチの近くを通って、自然と視界にるいりが入った。

その時、彼女は少し笑っていた気がした。

◇◇◇

翌日の休み時間。次の授業が化学の実験のため理科室に向かっていた。

「いてて……」

廊下を歩きながら、太ももを押さえる俺。

一週間以上、部活をやっていても必ず毎日筋肉痛になる。

一年近く全く体を動かさなかったからな。さすがにその代償は大きい。

自分らしく生きるって言っても、なかなか上手《うま》くいかないんだな……。

「すごいだらしない歩き方だね」

前方から男性の声が聞こえて、視線を向けると、

「桐谷《きりたに》先生！」

目の前には桐谷先生がいた。

「部活とか色々頑張ってるみたいだね、健司《けんじ》くん」

「先生に言われた通り、俺らしくやってますよ」

「それは良かった」

桐谷先生は優しい笑顔を見せる。

ちなみに学校では桐谷先生には敬語を使っている。……まあ自宅に訪問してくれていた時も敬語を使うべきだったんだけど、タイミングがなかったというか……すいません。

彼は俺のクラスの担任だから高校に初登校して以来、何回も話している。

学校で初めて会った時は驚かれたけどすごく喜んでくれて、そんな桐谷先生を見て俺もめちゃくちゃ嬉《うれ》しかった。

「ちなみに相馬《あいま》さんとはどう？」

「るいりですか……まあ相変わらずって感じですね」

「そっかぁ……」

桐谷先生は残念そうに言葉を漏らした。彼にも、るいりとのことは話している。俺が学校に行かなくなった要因の一つであり、それでもまだ俺が好きな人でもある彼女のことを。

「でもめげずに話しかけようかなって思います。高校生活は始まったばかりなので」

「そうだね。もし何かあったら遠慮なく相談してね」

「ありがとうございます！　本当に先生は良い先生だ！」

「そんなことないって。何度も言うけど、君の担任なんだから当たり前だよ」

「それでも先生は良い先生ですよ」

きっと相談したら、桐谷先生は俺が引きこもっていた時のように全力で助けようとしてくれるだろう。……でも、るいりの件は俺一人で解決をしたい。

それが過去に間違ってしまった俺としてのけじめだから。

「相馬さんとのこと、頑張ってね」

「はい、頑張ります」

最後にそうやって言葉を交わした後、俺と桐谷先生は別れた。

先生も応援してくれてるんだ。次こそは、るいりと絶対に話してみせる。

……と意気込んでいたものの。

「全然ダメだ」

あれからまた一週間経（た）つけど、未だにるいりには避けられたまま。

これは本当に俺のことが嫌いで確定かもしれない……。

中学の時に透矢（とうや）に一度聞かされたから、物凄く（ものすご）ショックではあるけどまた引きこもりに戻ることはないだろう。

それにるいりの件も大事だけど、俺には他にもやるべきことがあって――。

「最近さぁ、ミーチューブのアニメコントにハマってんだよね」

「ミオメイとか、モリモリモリーとかでしょ？」

「そうそう！　秘伝のタレ使い切るやつとか、はじめてのおつかいで値切る子供とか、面白い話多いんだよな！」

朝の教室。近くで男子生徒二人組が楽しそうに話していた。

これは仲良くなるチャンスなんだけど……話が全くわからない。

最近のミーチューブって、アニメとかやってるんだな。

今までゲームの解説動画しか見てこなかったから、全然知らなかった。

急いでスマホを出して、検索したら確かにアニメコントが出てきた。

本当にアニメも見れるのかよ……すごいな。

感心しつつ、俺は男子生徒たちが話していたチャンネルを探す。

「……見つけた」

タイトルを見ていくと、どれも面白そうな動画ばかりだった。

その中でも特に面白そうなのは……。

「目隠しサプライズで寄り道するやつとか面白いよね」

スマホの画面を見せるようにして、男子生徒たちに話しかけた——が、残念なことに二人は既にどこかへ行ってしまっていた。

「……はぁ」

俺は大きくため息を吐《つ》いた。初めて登校して以降、こうやって何度もクラスメイトに話しかけようとしているんだけど、タイミングが悪かったり俺の声の掛け方が下手くそすぎたりするせいで、失敗しまくっている。

早くクラスメイトと仲良くなりたいけど……自分らしく生きるって難しいな。

——と思っていたら、不意に視線を感じる。

「……ん？」

見ると、るいりがスマホをいじっていた。

今日はまだ話しかけてないし……一応、確認も兼ねて。

「るいりさ、いま俺のこと見て——」

「真紀《まき》ちゃん、おはよ！」

急にるいりは立ち上がると、友達の下へ行ってしまった。また避けられた……。

こんな感じで、るいりに話しかけても上手《うま》く躱《かわ》されてしまって、それが二週間も続いている。未《いま》だに仲が良いクラスメイトができず、部活も体力が足りなくて練習についていけず、るいりにも避けられ続けて……うーん、なかなかボロボロだな。

でも、だからって腐るつもりはない。

クラスメイトにもっと積極的に自分をアピールすればいいだけだし、自主練の量を増やして体力を増やせばいいだけだし、るいりにめげずに話しかけ続ければ良いだけだ。

「マルマル、俺は頑張るぞ」

別れた仲間の名前を呟《つぶや》きながら、俺は気合を入れる。

俺に別れを告げてから、マルマルのSNSのアカウントもゲームのアカウントも全て削除されていた。ゲームを止《や》めたとかではなく、たぶん俺に気を遣ってくれたんだと思う。

アカウントがあったら、いつでも連絡が取れてしまうから。

俺がまた逃げて塞ぎこんでしまわないように、別れを告げてきた男だ。

きっとアカウントを消すくらいやってしまうと思う。

今頃、別の名義でゲームをやってクリップを上げたりしているだろう。

「ねえ君って『ヌマブラ』得意なの？」

ぼーっとマルマルのことを考えていたら、唐突にクラスメイトから話しかけられた。

たしか彼は……バスケ部の佐々木《ささき》くんだ。

「一応、得意だけど……」

「そうなんだ！　実は今度、僕んちでクラスメイトたちと『ヌマブラ』大会することになってさ」

「お、おう。そりゃ楽しそうだな」

「それでなんだけど、もし良かったら僕に『ヌマブラ』のコツとか教えてくれないかな？」

「えっ……それは別に良いけど……」

「本当！　良かった～！」

佐々木くんは喜んでいるけど、話している最中、俺には一つ疑問が生まれていた。

彼はどうして俺が『ヌマブラ』得意だって知ってるんだろう。

クラスメイトに一言も言ったことがないどころか、そもそもクラスメイトとまともに喋《しゃべ》ったことすらまだないのに……。

「その……どうして俺が『ヌマブラ』得意って知ってるんだ？」

「あっ、それはね、あそこにいるあい――」

「ストップね！　それ以上喋ると殺しちゃうゾ☆」

物騒な言葉で会話に乱入してきたのは、先ほどるいりが話しかけに行った真紀《まき》ちゃん
――工藤《くどう》さんだ。彼女は佐々木くんの首をガッツリ絞めている。おいおい大丈夫か……？

「あんたが余計なことを喋《しゃべ》ろうとするからでしょ。暫《しばら》く黙っといて」

「う、うぅ、苦しい……」

「……はい」

佐々木《ささき》くんが弱々しく返事をすると、工藤《くどう》さんは首から腕を離して彼を解放した。

「おはよ！　田中《たなか》くん！」

「お、おはよう……」

「ごめんね。急にこのアホが話しかけて恐《こわ》かったでしょ。幼馴染《おさななじみ》として謝っとくね」

「いや、話しかけてくれたことは普通に嬉《うれ》しかったから大丈夫」

佐々木くんと工藤さんって幼馴染なんだ。初耳だ。でも結局、佐々木くんがどうして俺が『ヌマブラ』得意ってことを知ってるかわからなかったな……。

「あのさ、もし良かったら今度の『ヌマブラ』の大会、田中くんも来ない？」

「俺も……？　っていうか、工藤さんも参加するの？」

「もちろん！　このアホをボコボコにするためにね！」

工藤さんは佐々木くんに目を向けながら言う。

仲良いなぁ……。

「どう？　こっちとしては人数多い方が良いんだけど参加する？」

「そっか。でも――」

俺って部外者なんじゃないの？　そう言いかけて俺は止《や》めた。

これはチャンスだぞ、俺。どうやってもクラスメイトたちと上手《うま》く仲良くなれなかった俺が、ようやく仲を深められる大チャンスだ。

ゲームで上手いところを見せたり、『ヌマブラ』の知識を披露したら、一気にクラスメイトたちとの距離を縮められるかもしれない。

「その大会、俺も行ってもいいかな？」

「おっ、ノリ良いね〜そうこなくっちゃ」

工藤さんはサムズアップする。そっちこそ、めっちゃノリ良いな。

「大会の前に、僕に『ヌマブラ』のコツを教えてもらうのが先だからね」

「お、おう。了解した」

「了解したって何さ。おもろ！」

佐々木くんがケラケラと笑った。緊張してるってことを少しは察してくれ。

「……？」

またどこからか視線を感じる。

目を向けると、そこには友達と楽しそうに喋っている、るいりがいた。

……気のせいか？

「みんな席に着いてねー」

教室の扉が開くと、桐谷《きりたに》先生が入ってきた。朝のホームルームが始まる時間だ。

佐々木《ささき》くんも工藤《くどう》さんも、他のクラスメイトたちも各々自席に戻っていく。

俺は元々自分の席に座っていたのでそのままでいると、隣の席にるいりが戻ってきた。

彼女は平然とした様子で席に座っている。

今日、二回も視線を感じた気がしたけど……勘違いだったのか？　自意識過剰？

それとも——。

そんなモヤモヤした気持ちを残したまま、ホームルームが始まった。


「田中《たなか》!!　今日も一番遅れてるぞ!!」

放課後。部活で一年生が全員ランニングをしていると、いつも通り俺だけ先輩から喝を飛ばされていた。

二年生が二人一組でパス練習をしている中、一年生は変わらず走り込み中心のメニュー。

「すいません！」

謝りながら、俺は気合でスピードを上げる。自主練の走り込みの量も増やしているし、あともう一週間で体が慣れてきそうなんだけど……ここが踏ん張り時か。

「健司《けんじ》、大丈夫か～？」

かなり呼吸が乱れながら走っていると、前方を走っている男子生徒に声を掛けられた。

彼は工藤先輩と言って、唯一部内で俺に話しかけてくれる生徒だ。

さらにサッカー部の部長でエース。中学でも全国大会に出場した経験があるのに、学校が家から近いからという理由だけで星蘭《せいらん》高校に入学を決めたらしい。

実は怪我《けが》明けらしく、リハビリがてら練習は一年生と同じメニューを行っている。

ちなみに他の部員たちは、途中から入ってきたくせに全然練習についていけてない俺に呆《あき》れて、叱ることはあっても誰も話してはくれない。

でも俺だってスポーツマンだし部員たちの気持ちは充分にわかるので、これから頑張って少しずつ信頼を得るしかないだろう。

「すいません。大丈夫なんで先輩は先に行っててていいですよ」

「そんな気を遣うなよ。同じ部活仲間じゃん。……とか言いつつ、ただ単純に俺が走るの嫌いなだけだけどな」

工藤先輩は隣に並ぶとニコッと笑う。顔もイケメンだし、こりゃモテるだろうなぁ。

「ところでさ、健司って彼女いんの？」

「急になんですか……」

「良いじゃんか。先輩と後輩の友好を深めると思って」

工藤先輩はニヤニヤしながらそう言ってくる。

こっちはもう体力的に限界で、そんなこと話してる場合じゃないんだけど……。

「いないですよ。というか今まで一人もできたことないです」

「えっ、マジ？」

「マジです」

好きな人はいるけどな。彼女は今日もしっかりマネージャーの仕事をしている。

「そうか。俺はてっきり……」

工藤《くどう》先輩は何か呟《つぶや》いたが、声が小さくて聞こえなかった。

訊《き》き返そうかとも思ったけど、もう体力がすっからかんでそれどころじゃなかった。

それから工藤先輩と一緒に何とかランニングを終えた。

「おぉ……マジで吐きそう……」

倒れ込むように両膝をついて、俺はぜぇぜぇと息を吐く。

そんな俺を他の部員たちは呼吸を整えつつ、呆《あき》れるように見ていた。

全員同じ距離を走っているのに、一人だけ——しかも途中入部のやつが疲れ果ててたら
そりゃこんな反応になるよな。こればっかりはしょうがない。

「おぉ～今日も死にそうな顔してんな～」

工藤先輩はまだ立ち上がれない俺をじろじろと見ている。

この人も俺や他の一年生と同じ距離を走っているはずなのに、全く息が乱れていない。

どんな体力してんだよ。

「すいません……」

「別に謝んなくても良いって。どうせそのうち慣れてくるし」

そう言って、工藤先輩は手を差し伸べてくれる。

「ありがとうございます」

お礼を言ったあと、彼の手を取って何とか立ち上がった。

……あぁ、まだちょっと吐きそうだ。

「そういやこの後、実戦形式の練習やるんだけどさ」

「はい、知ってます」

どうせ一年生はまたランニングとかダッシュとか走り込み系の練習だろう。大会が迫ったこの時期。基本、ボールを触った練習は二年生だけだからな。一年生でもレギュラーを取れたら、別なんだろうけど。

「健司《けんじ》、お前それに参加な」

「……はい？」

工藤先輩がよくわからないことを言い出したので訊き返す。

「はい？　じゃなくて、実戦形式の練習に参加だって言ってんの」

「えっ……でも俺、一年生ですよ？」

「今日から何人か一年生を入れるつもりなんだよ。そんで俺が健司を指名した。……あっちなみに俺も今日からその練習に参加するから。わかったか？」

「えーと……は、はい」

理解が全く追いついてないけど、なぜか実戦形式の練習に参加させてもらえるらしい。

……マジでどういうこと？


「これから実戦形式の練習を始めるからな」

サッカーコートの中央で、顧問の先生がそう言うとボールを地面に置く。

そのボールを挟んで、二人の部員が立っていた。

一人は工藤《くどう》先輩。

そしてもう一人は、副部長の高橋《たかはし》先輩。

高橋先輩は数々の先輩からお叱りを受ける俺が、一番お叱りを受けている先輩だ。

そして、高橋先輩は俺の敵チームで、味方には工藤先輩がいる。

「楽しんでこうぜ、健司《けんじ》」

「は、はい……」

工藤先輩に言われて、まだ状況が呑《の》み込めていない俺は反射的に返事をする。

訳もわからずサッカーコートに立っちゃったけど、そもそも工藤先輩はどうして俺を指名してくれたんだ？

嬉《うれ》しいことではあるけど……正直、理由が全くわからない。

一年生メニューの走り込みの練習にさえ、ロクについていけてなかったのに。

「健司のポジションは真ん中な」

「真ん中って……」

ボランチ（主にパスを回すポジション）ってことだよな。言い方がテキトーすぎる。

……あと、どうして俺の中学の頃のポジションを知ってるんだよ。ポジションを言ったこともなければ、ボールを触った練習すらしてないから、わかるわけないのに。

疑問が残るどころか増えていき、俺は指定されたポジションに移動する。

「じゃあ始めるぞ！」

顧問の先生はコート上の部員たちに聞こえるくらいの大きさで言ったのち、ホイッスルを鳴らした。キックオフだ。

うちのチームがボールを蹴り出すと、コート上の部員たちが全員一斉に動き出す。

「自主練でボールは触ってたけど……いけるか？」

不安になりつつ、俺は味方の動きに合わせて走る。

でも、これは部員たちから信頼を得る最高の機会だ。この練習で良いプレーを見せれば、工藤先輩以外の部員も話してくれるようになるかもしれない。

そう思った矢先、俺の近くの部員がボールを持った。

「こっち！」

俺は手を挙げて声を出す。すると、ボールを持った部員はチラリとこっちを見たあと、俺とは別の部員にパスを出した。

「あれ……」

俺はいまフリーだったしパスを出してくれても良かったのに。

……いや、もしかしたら俺のアピールが足りなかったのかもしれない。

次はもっとわかりやすくパスを呼ぶか。そう気を取り直して、俺はプレーを続ける。

それから試合中、何度も俺は大きな声でパスを求める——が、十分経《た》っても誰もパスはくれなかった。

「こりゃ完全にハブられてるな……」

まさかここまで部員からの信頼がないなんて。……普段の練習の俺を見ていたら当然か。

さて、どうしよう。

良いプレーをしようにも、ボールに触れられなかったらそれ以前の問題だ。

「おーい、一人だけサボるなよー」

工藤《くどう》先輩が最前線のポジションから、わざわざこっちまで移動してきて言ってきた。

「いや、サボってるんじゃなくてパスが来ないんですよ」

「わかってるって、冗談だよ、冗談」

ケラケラと笑う工藤先輩。こっちは笑い事じゃないんだよなぁ。

「じゃあ先輩が仲間の信頼がないお前に、ちょっとしたアドバイスをしてやろう」

「後輩に容赦なく酷《ひど》いこと言いますね」

「まあ聞けって。パスが来ないなら敵からボールを奪えばいいんだよ」

そう言った工藤先輩は、かなり悪い笑みを浮かべていた。

「正直、うちのレベルはそんなに高くないし、たぶん健司《けんじ》ならいけるだろ？」

「俺ならって……先輩は俺の何を知ってるんですか」

「まあ色々となー。そういうわけでボール奪ったら俺にパス頼むわ」

俺の質問に適当に返したあと、工藤先輩は自分のポジションに戻っていった。

一体なんなんだ、あの人は……。そう思いつつも、彼のアドバイスは尤《もっと》もだったので、俺はすぐにボールを奪いにいくことにする。

「なんだ、お前が相手かよ」

そうして対峙《たいじ》したのは、副部長の高橋《たかはし》先輩だった。

明らかにつまらなそうな目でこっちを見ている。

こんなやつに負けるはずがない、みたいな油断が手に取るようにわかった。

「まあいいや。さっさとそこどけろ」

面白くなさそうに言ったあと、高橋先輩がドリブルを仕掛けてきた。

右へ左へフェイントを入れて、こっちを惑わそうとしてくる。

副部長なだけあって、かなり上手《うま》い。でも、それは透矢《とうや》ほどではなくて……。

相手の動きを予測しながら、俺は自分が思った的確なタイミングで足を出した。

「なっ！」

綺麗《きれい》にボールを奪うと、高橋《たかはし》先輩は驚いたように声を漏らした。

そんな彼を置いて、俺はドリブルしながら前線まで駆けあがる。

「こっちだ健司《けんじ》！」

呼ばれて目を向けると、結構離れたところに工藤《くどう》先輩が走っていた。

いや、遠すぎでしょ。こんな距離でパス出せっていうのかよ。

「健司！　こっちだぞ、こっち！」

工藤先輩は何度も俺のことを呼ぶ。どうしてもパスを出して欲しいらしい。

正直、上手くいくかわからないけど……ここでパスを通せれば、部員たちも少しは俺のことを信頼してくれるはずだ。なら、やってやるしかない！

「工藤先輩！」

名前を呼びながら、狙いを定めて思いっきりボールを蹴った。

ボールは一直線に工藤先輩の下へ向かっていく。

そして——彼の足元にピタリと収まった。

「ナイスパス！」

ボールを持った工藤先輩がサムズアップする。

俺も嬉《うれ》しくなって、思わずサムズアップを返してしまった。

「よし！」

加えて、俺はガッツポーズもする。

この綺麗にパスが通った感覚。久しぶりだ。めちゃくちゃ気持ちいい!!

その後、パスを受け取った工藤先輩があっという間に敵の守備陣を突破して、ゴールを決めてしまった。あの人、上手すぎんだろ……。全国レベルは伊達《だて》じゃないな。

「お前、すげぇパス出すんだな……」

後ろから高橋先輩が声を掛けてきた。

それに嫌味《いやみ》とかはなく、純粋に褒めてくれてるんだと思う。

「ありがとうございます」

「どうやってそんなパスを身に付けたんだ？」

そう質問する高橋先輩からは少し圧を感じる。

「えっ……その、小学生の頃からグラウンドとか公園にある適当な壁に印付けて、それに距離を変えながらボールを当てるっていうのをやっていて」

「それって壁当てだろ？　そんな基本的な練習で身に付けたのか？」

「そうですね。それを毎日、五時間くらいやってます」

引きこもっていた時はやってなかったけど、部活を始めてからまた同じ練習を始めた。

「っ！　五時間って……！」

高橋《たかはし》先輩は目を見開いて驚く。

でも俺はパス以外武器がないから、それくらい練習しないとダメだったんだ。

「その……悪かったな。練習中、無駄に怒鳴ったりして」

不意に高橋先輩が謝ってきた。

「俺が練習についていけてなかったのが理由なんで、全然気にしてないですよ」

「それでもやり過ぎだった。すまん」

高橋先輩は深く頭を下げる。

恐《こわ》い人なのかなって思ってたけど、ちょっと熱すぎるだけで普通に良い人なんだな。

なんて思っていると――。

「なんだよお前のパス！　すげぇな！」「練習とか見てるとやる気ねーのかなって思ったけど、ありゃ努力してねーとできねぇよ」「即戦力じゃねぇか！」「早く体力つけて一緒に試合に出ようぜ！」

部員たちが一斉に俺を囲んで、先ほどのプレーを褒めてくれる。

どうやらアピールは成功したみたいだ。

これでだいぶ部員たちの信頼を得られた気がする。……良かったぁ。

「お前ら、試合中だぞ！　さっさとポジションに戻れ！」

顧問の先生が指摘すると、部員たちは全員ポジションに戻っていく。

それから実戦形式の練習が三十分ほど続いた。

俺は良いパスを連発して、パスを受け取った工藤《くどう》先輩が全てゴールを決めた。

そうして俺は実戦形式の練習を通して、確実に部員たちの信頼を得ていったのだった。


「お疲れ〜」

全体練習を終えてロッカールームで着替えていると、工藤先輩が声を掛けてきた。

他の部員たちはさっさと帰ってしまって、室内には俺と工藤先輩しかいない。

「お疲れ様です」

「めっちゃ良いパス出しまくってたな。おかげでゴール稼ぎまくったわ」

ご機嫌な様子で着替える工藤先輩。脱ぐと鋼みたいな体が露《あら》わになった。ユニフォームを着ていた時は気づかなかったけど、高校生とは思えない体つきだな。

「あんまりじろじろ見んなよ。変態か？」

「違いますよ。誤解を生むようなこと言わないでください」

俺がそう返すと、工藤先輩は面白がるように笑った。何が面白いんだよ……。

「あの……一つ質問しても良いですか？」

「なんだ？　彼女ならいるぞ」

「そんなこと興味ないです」

「なんでだよ。ちょっとは興味持ってくれよ」

工藤《くどう》先輩は心から訴えるが、いつまでも反応していると話が進まないので、ひとまずスルーして俺は質問をした。

「工藤先輩が指名したって言ってましたけど、どうして俺を実戦形式の練習に参加させたんですか？」

ずっと不思議だった。俺よりも練習についていけてる一年生は沢山いるし、俺よりも体が大きい選手も沢山いる。

そんな中、工藤先輩が俺のことを指名した理由が知りたかった。

「俺さ、実は前から健司《けんじ》のこと知ってたんだよ」

「っ！　俺のことをですか……？」

問い返すと、工藤先輩は首を縦に振る。

「そうだな。あれは去年の今頃くらいだったかな」

それから工藤先輩は語り始めた。

今からおよそ一年前。

中学三年生の俺と透矢《とうや》が全国大会出場をかけて都大会決勝に挑んだ日。

工藤先輩の弟がその試合に出ていたらしく、彼も見ていたらしい。

そして、その試合で敗因となるミスをしたものの、何度も良いパスを出していた俺のことを覚えていたみたいだ。

「だから、俺を実戦形式の練習に指名したんですか」

「そうそう。だってお前のパスの精度の高さって、全国で通用するレベルだし」

工藤先輩はさらっと、とんでもないことを言い出した。

全国って……さすがに褒めすぎな気がするけど。

「あとさ、お前と同級生のマネージャーに頼まれて――」

そこで工藤先輩は言葉を止めた。直後、やべっ!!みたいな顔を見せる。

俺と同級生のマネージャーって……。

「るいりですか？」

俺が訊《たず》ねると、工藤先輩は右へ左へ目を泳がせたのち諦めたように大きく息を吐く。

「そうだよ。実は俺の妹と相馬《あいま》さんが友達で、元々知り合いだったんだ」

「るいりと友達って……もしかして妹さんって工藤真紀《まき》さんですか？」

「なんだ、真紀のこと知ってんのか」

工藤先輩は意外そうな顔を見せる。

同じ名字でるいりの友達だから訊《き》いてみたけど、正解だったみたいだ。

「まあそんなわけで相馬《あいま》さんが今日の実戦形式の練習に健司《けんじ》を入れてくれって頼んできたんだよ」

「るいりがそんなことを……」

全く知らなかった。学校でも相変わらず一言も喋《しゃべ》ってくれないし。

「相馬さんに口止めされてたのに、うっかり喋っちまった」

工藤《くどう》先輩は自分に呆《あき》れるように額に手を当てる。

口止めまでして、隠れて俺を練習に参加させようとしてくれたのか。

どうしてそこまでして、るいりが俺のことを……？

「でもまあ俺は元々、健司を練習に参加させるつもりだったけどな。お前がサッカー上手《うま》いってことは知ってたし」

「ありがとうございます」

工藤先輩の言葉は素直に嬉《うれ》しいけど、頭の中はるいりに対する疑問で一杯だった。

もしかして彼女は俺のことを嫌っていないのか……？

「明日も今日と同じ練習に参加させるからな。ゆっくり体を休ませとけよ～」

「あっ……は、はい。わかりました」

「じゃあそういうことで。また明日な」

「お疲れ様です」

工藤先輩は着替え終えると、ロッカーを出て行った。

明日も同じ練習か。今日以上に良いプレーをしないとな。

「でもそっか。るいりが……」

今日もマネージャーとして練習を手伝ってたけど、いつも通りって感じだったのに。

わざわざ部長の工藤先輩に頼んでまで、本当にどうして俺を実戦形式の練習に参加させようとしてくれたんだろう？

着替えている間ずっと考えていたけど、いくら考えてもわからないままだった。

◇◇◇

あれから数日後。俺は部活の練習で良いプレーをし続けて、順調に部員たちからの信頼を増やして、大会直前の練習試合ではスタメンで起用された。

顧問の先生もここ数日の練習で俺のことを評価してくれていたらしい。

対して、るいりとは彼女に一方的に避けられている関係が続いている。

こっちは訊きたいことが増えていくばかりなのに……。

「田中《たなか》くん、君って強すぎじゃない？」

テレビ画面を眺めながら、佐々木《ささき》くんが言ってきた。

今日は前に彼が公言していた『ヌマブラ』の大会の日だ。

俺は休日の部活を終えると、そのまま学校から割と近くにある佐々木くんの家にお邪魔している。彼の両親はお金持ちらしく豪邸みたいに大きな家だ。

もちろん佐々木くんの部屋も一人用とは思えないほど広くて、そこに十人くらいのクラスメイトたちが集まっている。

ちなみに一回戦はもう始まっていて、俺が佐々木くんに完勝した。

一応、約束していた通り前日の夜にネット対戦を使って、佐々木くんに『ヌマブラ』の指導をしたんだけど、さすがに一夜漬けじゃ元引きこもりゲーマーの俺には勝てないか。

「こんなに手も足も出ないなんて。悔しいなぁ」

「まあ俺の得意ゲームだからな」

「それでももう少しやれると思ってたんだよ。大会の主催者が一回戦で負けるなんて情けない」

佐々木くんは恥ずかしそうに顔を下に向ける。

確かに、大会の主催者を倒すのはマズかったかもしれない。

でもこっちにもゲームで良いところを見せて、クラスメイトと仲良くなるっていう事情があるからな。そう簡単に負けるわけにはいかなかった。

「田中《たなか》ってこんなに強いんだな」

するとと、俺と佐々木くんの対戦を観戦していた男子から声を掛けられた。

いや、彼だけじゃない。

「今度おすすめのコンボ教えてくれよ」「俺にも教えてくれ！」「好きなキャラ教えてよ」

「対戦に勝つコツとかってある？」「『ヌマブラ』以外のゲームとかってやるの？」

そんな風にクラスメイトの男子たちがどんどん話しかけてくる。

「えっと、おすすめのコンボはね——」

それに俺は一つずつ答えていく。

すると、今度は佐々木くんも含めて同じように次々と話しかけられた。

「こらこら男子たち。そんなに話しかけたら田中くんに迷惑でしょ？」

俺が囲まれていると、工藤《くどう》さんが現れて男子たちに注意する。

直後、男子たちは返事をしたのち次の対戦の準備を始める。

ここ数日でわかったことだけど、工藤さんはクラスの姉御的な立ち位置っぽいな。

佐々木くんと戦ったばかりで俺の出番は少し先なので、ひとまず飲み物がある方へ移動
すると工藤さんが話しかけてきた。

「それにしても、田中くんって強いね～」

「いや、俺より強い人なんてその辺にいるよ」

「そんなことないでしょ。謙遜はよしなさいな」

工藤《くどう》さんはそう言うけど、謙遜なんてしてないし、本当に身近に俺より強い人もいる。

例を挙げると、うちのクラスの担任教師とか。

「私の代わりに俊介《しゅんすけ》を討伐してくれて、ありがとね」

「え……お、おう」

俊介って、佐々木《ささき》くんのことか。

そういえば、彼女は佐々木くんを倒すために大会に参加したのに……佐々木くん倒しちゃったな。

何となくだけど、二人って良い感じだし……やっぱりわざと負けた方が良かったかもしれない。

「真紀《まき》ちゃん！　佐々木くんのお母さんからお菓子を貰《もら》ったよ！」

不意に快活な声が響く。

見ると、るいりがお菓子が沢山入った器を持ってきていた。

「あっ……」」

お互いに目が合うと、揃《そろ》って声を出す。

でも気まずくなって、すぐに目を逸《そ》らした。

るいりは大会には参加していないけど、佐々木くんの家に遊びに来ている。

友達の工藤さんがいるから、一緒に遊びに来たのだとか。

「るいりちゃん、ありがと！　お菓子はみんなで食べよ！」

「う、うん。そうだね」

るいりがそう返すと、三人の間に沈黙が生まれる。

たぶん俺とるいりのせいだ。

「なあ、るいり――」

「あっ、飲み物がもう全部なくなっちゃってるね。私、貰いに行ってくるね」

そう言ったあと、るいりは逃げるように部屋から出ていってしまった。

今日も何度か声を掛けてるけど、いつも通り避けられ続けている。

……はぁ。いつになったら彼女と話せるようになるんだろう。

「るいりちゃんと田中《たなか》くんって、幼馴染《おさななじみ》なんでしょ？」

「えっ、そうだけど……なんで知ってるんだ？」

「るいりちゃんから聞いたんだよ」

「そ、そうなんだ……」

るいり、工藤さんになんて言ったんだろう。

嫌いな幼馴染がいるんだけど～みたいな言い方されてたらキツイな。

「でもなんか、るいりちゃんと田中くんって距離あるよね」

「それは、その……昔、色々あって……それにるいりは俺のことを嫌っているのかもしれないから」

俺を実戦形式の練習に参加させてくれようとしたり。嫌ってはいないんじゃないかって思うこともあるけど、こうやって話しかけても逃げられ続けていると、やっぱり嫌ってるんだなって思ってしまう。

しかし――。

「うーん、それはないんじゃないかなぁ」

工藤《くどう》さんがぽつりと言った。

「どうして？」

「だってこの前、俊介《しゅんすけ》に田中《たなか》くんが『ヌマブラ』が得意ってこと教えたの、るいりだし」

「っ！　そ、そっか……」

あの時、佐々木《ささき》くんに話しかけられた後、薄々そうなんじゃないかって思ってはいた。

クラスメイトで俺が『ヌマブラ』が得意ってことを知ってる人は、るいりしかいないから。それでも普段から彼女に避けられ続けているから、きっとそんなことないって思ってしまったんだ。

「……しまった」

「？　どうしたの工藤さん？」

「いや、そういえば今言ったこと、るいりちゃんに言わないでって言われてたの忘れてた」

工藤さんはやっちまった、みたいな表情を浮かべている。兄妹揃《きょうだいそろ》ってお喋《しゃべ》りかよ……。

「やっちゃったもんは仕方がない。ついでにもう一つ田中くんに教えてあげよう」

「ついでって、それ絶対にダメだろ」

俺が指摘しても、工藤さんは止まることなく話し始めてしまった。

「あのね、るいりちゃんは結構田中くんのこと私に喋ってるんだよ」

「……そうなのか？」

「うん、特に田中くんが学校に来てからはね」

部活の練習で良いプレーがあったりしたら、翌日の学校で必ず工藤さんに話すらしい。

加えて、工藤さんが興味本位で俺のことを質問したら、るいりは普通なら覚えていないくらい小さい頃の事とかを嬉《うれ》しそうに語り出すみたいだ。

「だから、るいりちゃんが田中くんのことを嫌ってるっていうのはあり得ないと思うよ！」

「お、おう。ありがとう」

工藤さんに言われて、かなり励まされた。

まだわからないけど、るいりは本当に俺のことを嫌ってないのかもしれない。

……よし、るいりに次会ったら、なんとしても話をしてもらえるようにしよう。

特に策とかは思いついてないけど……。

「田中《たなか》くん！　次は君の二回戦だよ！」

佐々木《ささき》くんに言われて、俺はテレビ画面がある方へ移動する。

今の状態でまともに『ヌマブラ』をプレイすることなんてできない気がする……。

「頑張れ～」

工藤《くどう》さんが後ろから軽めにエールを送ってきた。

でも、たぶんこれは『ヌマブラ』のことじゃないだろう。

そうして『ヌマブラ』の大会の二回戦が始まったが、またもや俺は完勝した。

◇◇◇

「優勝は田中くんです！」

佐々木くんが『ヌマブラ』の大会の優勝者を発表すると、男子たちが一斉に拍手する。

なんか恥ずかしいな……。

「いやぁ、本当に田中くん強かったね。もし良かったら次も誘うから来てよ」

「えっ、次も来ていいのか？」

「もちろんだよ」

佐々木くんがそう答えると、他の男子たちも「もう一回対戦しようぜ」とか「今度は勝つからな」とか言ってくれる。

これまでるいりと透矢《とうや》としかちゃんと遊んでこなかったから、こんな風にされると今までに感じたことがない喜びが湧き上がってきた。

これで学校に行くときに決めていた同級生と仲良くなるっていう目標が少し達成できた気がする。今後もこうしてもっと色んな人と仲良くなりたいな。

「じゃあ今日はもう遅いし、解散で」

佐々木くんがみんなに言うと、遊びに来ていた全員が帰る支度をして家の外に出た。

同じように俺も外に出ると、るいりの姿が視界に入る。

大会を勝ちまくって連戦をしていた影響で、あれから彼女に一度も話しかけられていなかった。

最近は部活でも上手《うま》くいって、今日もるいりと透矢以外の人たちと初めて遊んで仲良くなれて、家に引きこもって塞ぎこんでいた頃から着実に前に進めている。

だから、ひょっとしたらるいりとも元のような関係に戻れるかもしれない。

俺はそんな淡い期待を抱いていた。

最後にもう一度、話しかけてみよう。これが今日のラストチャンスだ。

「るいり、ちょっと——」

「っ！」

話しかけた瞬間、るいりはいつもと変わらず背中を向けて逃げようとする。

けれど、るいりと仲直りできるかもしれないと思っていて、工藤《くどう》さんの話を聞いてこれ以上彼女と話さないまま過ごすのは良くないとも思っていた俺は咄嗟《とっさ》に手を伸ばした。

「待って！」

思わずるいりの腕を掴《つか》むと、彼女は驚いたように振り返る。

「あっ……ご、ごめん」

俺は彼女の腕を掴んでいた手を離して、謝った。

「ううん、大丈夫……じゃあね」

るいりはそれだけ告げて、また帰ろうとする。

どうしよう。このままじゃまたいつもみたいに……。

「そこのお二人さん」

後ろから女性の声が聞こえる。顔を向けると、そこには工藤さんの姿があった。

「二人とも途中まで私と一緒に帰ろうよ」

「真紀《まき》ちゃん、急になんで……」

「なんでって……何となくだけど。それに二人は幼馴染《おさななじみ》なんでしょ。家も同じ方向だろうし一緒に帰ったらいいじゃん」

「それは……」

るいりが迷っていると、次に工藤さんは俺に目を向ける。

「田中《たなか》くんも良いよね？」

「えっ、俺は……」

「はい、決まりね！」

工藤さんは両手をパン！と叩《たた》く。

この人、全然他人の意見を聞かないんですけど⁉

「ちょっと待って。私はまだ一緒に帰るなんて一言も――」

「はいはい、そういうのは良いから。一緒に帰るよー」

工藤さんはるいりの背中を押して、強引に一緒に歩いていく。

途中、彼女は振り返って早く来いと目配《めくば》せしてきた。

「……わかったよ」

一緒に帰っていたら、るいりと話せる機会があるかもしれないし。

そう思って、俺は彼女たちの後ろをついていくように足を進めた。

「俊介《しゅんすけ》ってね、昔から泣き虫でよく近所の悪ガキにいじめられて泣かされてたんだ」

三人で閑静な住宅街を歩く中、工藤さんが幼馴染トークを披露していた。

「まあそんな悪ガキは私がぶっ飛ばしてやったけどね」

「そ、そうなんだ……」

工藤《くどう》さんって、結構武闘派の子供だったんだな。

「でもね、俊介《しゅんすけ》は弱々しいやつだけど、小さい頃からずっと優しいままなんだよ。私が困った時はいつも助けてくれるし」

そう語った工藤さんも穏やかな目をしていた。

たぶん彼女は本当に佐々木《ささき》くんのことを大切に思っているのだろう。

佐々木くんのことを話している工藤さんを見て、何となくそう感じた。

「やっぱり幼馴染《おさななじみ》って、普通の友達とは違ってお互いのことを深く知ってるし、だからこそ喧嘩《けんか》したりするし、助け合ったりもできると思うの」

急に工藤さんは幼馴染について語り始めた。

どうしてこんな話を……?と、俺が少し困惑していると、

「要するに何が言いたいかって言うと、二人に何があったかは知らないけど、喋《しゃべ》るくらいはしてあげないと！　ね？」

工藤さんは先ほどからずっと黙っている、るいりの方向を見て言った。

「真紀《まき》ちゃん……でも私は……」

「いつまでも逃げてたって何も解決しないでしょ。違う？」

工藤さんが優しい笑顔で問いかける。

それに、るいりは葛藤するかのように黙ってしまった。

「さてと、そろそろ家も近いし、私はこの辺でさよならしようかな」

工藤さんは自分の役目は終えたというような口調でそう言いだした。

「あとは二人でご自由に」

最後に「バイバイ」と、るいりと俺に向かって挨拶をすると、彼女は自分の家があるだろう方向へ歩いて行ってしまった。

そうして、俺とるいりの二人だけが残される。

……そっか。工藤さんが俺とるいりに一緒に帰ろうって言ったのは、俺たちがちゃんと話せる機会を作るためだったのか。

だとしたら、彼女のためにも俺はるいりときちんと話をしないといけない。

「るいり、少し話できるか？」

訊《たず》ねると、るいりは迷っているような表情を浮かべる。

工藤さんのおかげで、今までみたいにすぐに逃げられることはなさそうだ。

「……わかった」

少し経《た》って、るいりは控えめな声で答えた。

良かった。これでようやく彼女と話ができる。

「じゃあ帰りながら、話そうか」

「……うん」

るいりが小さく頷《うなず》いた。

その後、俺たちは隣り合って歩く。

こうやって幼馴染《おさななじみ》と歩くのは久しぶりで……素直に嬉《うれ》しかった。

同時にこうも思ったんだ。

この先もるいりと歩く時は、ずっと同じ気持ちでいたいなって。

「小さい頃から、いつもこうやって並んで歩いてたよな」

「うん。だって私たち幼馴染だからね」

隣り合って帰り道を歩きながら、昔のことを話す俺とるいり。

いきなり本題に入っても良かったけど、残念ながら俺にはそんな勇気はなかった。

とか言って、少しでも彼女と会話を続けたかっただけかもしれない。

「覚えてるか？　小学校の頃にサッカーの試合で俺が派手に転んで膝に深い傷が入ったらさ、るいりがそれ見て、きぬくん死んじゃう〜って泣いていたの」

「っ！　な、なんで急にそんな話するの！　きぬのアホ、バーカ」

るいりは怒っているけど、ちょっぴり楽しそうにもしていた。

久しぶりに以前みたいに話をすることができた気がする。

こんな風にずっと彼女と話していられたら――。
……しかし、そうはいかないだろう。
そろそろ話すべきことを話さないと、大切なことを訊《き》く前に彼女の家に着いてしまう。
だから、俺は意を決して言った。
「あのさ……俺、るいりに沢山訊きたいことがあるんだ」
「……うん、そうだと思う」
るいりは申し訳なさそうに言葉を返した。
これまでみたいに避けたりせず、ちゃんと会話をしてくれる。
今の彼女なら、きっと俺の疑問にも答えてくれるだろう。
俺は一つ深呼吸をする。
今からする質問へのるいりの返答によっては、俺が大きく傷つく可能性がある。
……でも、たとえそうなってもちゃんと受け入れよう。
塞ぎこんでいた頃みたく、現実の自分から逃げたくはないから。
「るいりはさ、昔から俺のことが嫌いだったのか？」
訊いた刹那、鼓動が一気に速くなる。
他にも訊きたいことは山ほどあるけど……これが一番気になっていたことだ。
中学の時、透矢《とうや》が言っていた。るいりは俺のことが嫌いかもしれないって。

小さい頃からずっと一緒だった彼女が本当に俺のことが嫌いなのか。

どうしても真実を知りたかった。

——すると、るいりはこっちに笑顔を向けてきた。

この時、俺は確信する。

やっぱり、るいりは俺のことを嫌っていなかったんだって。

もし俺が家で塞ぎこんだままだったら、こんなこと絶対にわからなかっただろう。

間違いだらけの自分を認めて良かった。

自分らしく生きることを決断して良かった。

本当に良か——。


「大嫌いだよ」


「……え？」

るいりの答えに、俺は呆然とする。

大嫌いって言ったのか……？

う、嘘《うそ》だろ。だってさっきは笑って……。

「期待した？　私が嫌いじゃないって答えるって」

るいりは笑みを浮かべたまま、そう言った。

俺を騙すためにわざと笑顔を見せていたのか？

じゃあ彼女は本当に俺を……？

お、落ち着け。まだ判断するのは少し早いかもしれない。

「あ、あのさ……工藤兄妹《くどうきょうだい》から聞いたんだ。俺のために佐々木《ささき》くんに『ヌマブラ』が得意だって伝えてくれたり、工藤先輩に実戦形式の練習に参加させてって頼んでくれたりしたって」

「それは……一応、昔からの付き合いだしちょっと助けてあげただけ」

るいりはそう答えるが、そんな彼女に俺は少し違和感を抱く。

「本当に俺のことが嫌いなのか？」

念のため、もう一度訊《たず》ねる。

これでも彼女が嫌いだって答えるなら、それはもう認めるしかない。

そう覚悟を決めていると――。

「中学の時、私はね透矢《とうや》くんにきぬに告白されたことをバラしたんだよ」

るいりは俺が二つ目に気になっていたことを話した。

それを聞いて俺は動揺したが、構わず彼女は話を続ける。

「きぬがみんなにいじめられている時も私は助けなかったし、きぬが学校に行かなくなっても私はきぬの家に訪ねてすらいないの」

るいりは今までのことを明かしていく。

一つ、一つと明らかになっていくたびに、俺の動揺は大きくなっていった。

そして、最後に彼女は再び言ったんだ。

「全部、きぬのことが大嫌いだったからだよ」

二度目の言葉を聞いて、俺はもう何も言えなくなってしまう。

今度の彼女は目を伏せていて、表情はよく見えなかった。

正直、まだ違和感がないと言ったら嘘《うそ》になる。

ひょっとしたら彼女が嘘をついているのかもしれない。

……けど何にせよ、るいりがこれだけ俺を拒絶するなら、もう俺は彼女と関わらない方が良いんだろう。

「そっか……わかった」

俺が言葉を返すと、そこで会話が途切れる。

互いに何も話さないまま歩いていると、るいりの家に着いてしまった。

「……じゃあね、きぬ」

「おう。じゃあな」

最後に別れの挨拶を交わしたあと、るいりは彼女の家の中に入っていった。

明日から彼女と話すことは一切できなくなるだろう。

そう思うと、面と向かって嫌いだって言われたのに寂しい気持ちになる。

「やっぱり俺はるいりのことが好きなんだな……」

それでも俺は自分の気持ちに気づいた。

……でも今更遅すぎる。こんな気持ちを伝えるわけにはいかない。

「大丈夫、大丈夫」

自分に言い聞かせるように呟《つぶや》く。

学校に通い始めて、サッカーを全力でやれていて部員からの信頼も得たし、同級生とも仲良くなれているし、俺は俺らしく生きている。

だから俺は大丈夫だ。

「……帰るか」

俺は一人歩き出す。

今日で佐々木《ささき》くんたちと仲良くなれたから、明日は昼食にでも誘ってみようかな。

部活もスタメンに選ばれているし、もっと頑張らないと。

そうやって俺はこれからのことを考える。やる気も満ち溢《あふ》れていた。

──しかし、どうしてか胸がひどく痛かったんだ。

◇◇◇

翌日の昼休み。俺は佐々木《ささき》くんたちを昼食に誘おうとしたけど、そういう気分になれなくて誘えなかった。

理由は、今日るぃりが学校を休んでいたから。

「……結局、引きずってんのかな」

屋上に続く階段に座って、俺は一人購買で買った焼きそばパンを食べていた。

昨日、るぃりに嫌いだって言われて割り切ったはずなのに……。

「あれ、健司《けんじ》くん？」

寂しく焼きそばパンを頬張《ほおば》っていると、階段の下の方から名前を呼ばれる。

視線を落とすと、桐谷《きりたに》先生が不思議そうにこちらを見ていた。

「先生、どうしたんですか？」

「それはこっちのセリフだよ。こんなところでどうしたの？」

「俺は……まあ一人で昼食を食べてるだけですけど……」

「そうなんだ。ちなみに僕もお昼ご飯なんだ」

桐谷先生はコンビニ弁当を見せる。

次いで階段を上がってきて、俺の隣に座った。

「先生って、いつもここで食べてるんですか？」

「ううん、普段は屋上で食べてるんだ」

そう言って、桐谷先生は屋上の鍵を見せた。

屋上は原則、生徒は立ち入り禁止だけど、教職員は特別な事情がある場合のみ使用が許可されている。

「私的に屋上を使っても良いんですか？」

「暗黙の了解ってやつだよ。他の先生も息抜きに使ったりしてるからね」

桐谷先生は楽しそうに笑う。

あの映画を見たせいか、その笑みはどことなく七瀬《ななせ》さんに似ている気がした。

「健司くんの方こそ、どうしてこんなところでご飯を食べているの？」

「その……気分的に今日はここで静かに食べようかなって」

そう答えたら、桐谷先生はじーっとこっちを見てくる。

何となく気まずくなって、俺は彼から目を逸《そ》らした。

「もしかして何かあった？」

すると、桐谷先生は心配そうな声で訊《たず》ねてくる。

エスパーかよ。そう思えるくらい、この人は他人の機微に敏感だよな。

「まあちょっとだけ……」

「そっか。……もし良かったら聞かせてもらえるかな？」

桐谷《きりたに》先生は控えめにそう訊《き》いてきた。

彼にはるいりと上手《うま》く話せていなかったことは伝えているし、俺と彼女との結末を知る権利があるだろう。

そう思った俺は昨晩、るいりと話したことを全て明かした。

「そんなことがあったんだね……」

桐谷先生は聞き終えると、顔を俯《うつむ》けて悲しそうにする。

生徒に辛《つら》いことがあったからって、こんな風に悲しんでくれる先生なんてそうそういないだろう。少なくとも俺が出会った先生たちの中で、これだけ生徒を大切にしてくれる人は桐谷先生だけだ。

「でも良いんです。学校に来て部活も全力でできていて、最近、友達もできた……いやできそうかな？　とにかく学校が楽しいんです」

塞ぎこんでいた時の俺からは物凄《ものすご》く成長している。これも桐谷先生のおかげだ。

「こうやって、俺は俺らしくこれからも頑張ります」

大丈夫だと伝えるように、桐谷先生に宣言する。

きっと喜んでくれるだろう。

そう思っていたんだけど……彼は少し寂しそうな表情をしていた。

「七瀬《ななせ》はね、一緒の高校に通ってた頃、どんなことがあっても自分らしくあることを貫いたんだ。それで僕も彼女のように生きたいって思って……」

急に桐谷先生は七瀬さんのことを話し出す。

そんな彼に少し戸惑っていると、彼は優しい物言いで、

「これは僕の我儘《わがまま》かもしれないけど、健司《けんじ》くんもそんな風に生きて欲しいかな」

「それは……わかってます。だから毎日、部活を頑張ったり同級生に話しかけたり――」

「本当に相馬《あいま》さんとこのままでいいの？」

桐谷先生がはっきりと聞き取れる声で訊《たず》ねてきた。それに俺は少し返答に困る。

「俺だってこのままじゃ嫌ですよ。……だけど、どうしようもないんです。あっちは俺のことを嫌いって拒絶しているから……」

「本当に相馬さんが健司くんのことを嫌いだと思う？」

「そ、それは……」

思わない、とは言い切れない。

けれど、少なくとも昨晩、るいりが俺に言ってきたことが全て真実とも思えなかった。

「健司くん、聞いてくれるかな」

桐谷《きりたに》先生がそう口にする。

顔を向けると、彼は真剣な表情をこちらに向けていた。

「これはね、相馬《あいま》さんのことを考えて本当は言わないつもりだったんだけど、健司《けんじ》くんのためにも相馬さんのためにも話そうと思う」

「……桐谷先生、どういうことですか？」

意味がわからず訊《たず》ねると、桐谷先生は話し始めた。

高校の入学式の日。

桐谷先生は担任するクラスの生徒たちに挨拶をしている間、気になる生徒が二人いたらしい。それは欠席していた俺ともう一人はるいりだった。

桐谷先生が挨拶をしている間も、クラスメイトたちが自己紹介をしている間も、るいりはチラチラと隣の席――俺の席を気にしていたらしい。

それは入学式の日が終わっても続いた。

授業中もどこか俺の席を気にしているようで、放課後に桐谷先生が教室を覗《のぞ》くと、ずっと使ってなくてほこりが被《かぶ》っている俺の席を拭いている、るいりの姿があった。

そして、桐谷先生が俺の家に初めて訪問した翌日。

「田中《たなか》くんはどうでしたか？」

るいりが朝一番にわざわざ職員室まで来て訊《き》いてきたらしい。

何でも偶然、前日に桐谷《きりたに》先生が俺と会うことを他の先生から聞いたのだとか。

それから桐谷先生が俺の家を訪問するたびに、るいりは必ず俺の様子を訊《き》いてきた。

桐谷先生が「元気だったよ」とか「楽しそうにゲームしてた」とか返すと、るいりは毎回、安心したように胸を撫《な》でおろしていたそうだ。

「あいつ、そんなことまで……」

俺の言葉に、桐谷先生は「うん」と首を縦に振る。

「そんな彼女が本当に健司《けんじ》くんのことを嫌っていると思うかな？」

彼の質問に、俺は真剣に考える。

工藤兄妹《くどうきょうだい》から聞いたことだったり、いま桐谷先生から聞いたことだったり。

知らない間に、るいりは俺のために沢山行動してくれていたんだな。

そう思ったら、答えは一つしかなかった。

「嫌ってるとは思わないです」

「だよね」

桐谷先生はにこっと笑った。

「でもだったら、るいりはどうして俺に大嫌いなんて……」

「もう一回、相馬《あいま》さんと話してみようよ」

疑問を呟《つぶや》いていたら、桐谷先生がポンと肩を叩《たた》く。

「……でも、るいりはもう話してくれないと思います」

「それでも何とかして頑張って話してみようよ」

そう言う桐谷先生は柔らかい口調だけど、どこか必死な感じがする。

「先生、どうしてそこまで……」

「それはね、健司くんと相馬さんのことを見ていたら、教師としてこのまま二人のことを放っておけなくなっちゃったんだ」

二人ともとても良い生徒だからね、と桐谷先生は続けた。

この先生は本当にどこまでも良い先生だな。

「だから健司くん、もう少し頑張ろうよ」

桐谷先生に励まされて、俺は決意を固めた。

もう一回、頑張ってみようって。

「はい。もう一度だけ何とかして、るいりと話してみます」

俺が答えると、桐谷先生は嬉《うれ》しそうな顔を見せた。

よし。そうと決まったら、次にるいりが学校に来た時に話しかけてみよう。

「それにしても桐谷先生って、本当に生徒想《おも》いですね」

「そんなことないよ。僕みたいな先生、他にも沢山いるよ」

桐谷先生はいつも通り謙遜する。

こういうところも、彼のことを信頼できる要因なのかもしれない。

「あと僕はね、ただ健司《けんじ》くんと相馬《あいま》さんに後悔しないようにして欲しいんだよ」

「後悔しないように……ですか」

「うん。これは一度話したと思うけど、僕は高校生の卒業式の日、七瀬《ななせ》への告白を止《や》めて、彼女の夢を応援することにした。でも、その選択は全く後悔していないんだ」

桐谷《きりたに》先生はそう話すと、こっちを向いて笑う。

「だって、それはちゃんと七瀬のことを考えて自分で決めたことだから」

「……そうですか」

好きな人に告白しなかったことを後悔していないって、こんな清々《すがすが》しい表情で言えるだろうか。少なくとも俺は無理だと思う。

それだけ桐谷先生が七瀬さんのことを本当に大切に想《おも》っていたってことだ。

「だからね、健司くんと相馬さんにも後悔しない選択をして欲しい。それがきっと自分らしく生きることにも繋《つな》がるから」

桐谷先生は大事なことだと示すように、ゆっくりと丁寧に伝えてくれた。

その後、彼は話していたせいで少し残ってしまった弁当を持って立ち上がった。

「僕が言いたかったことはこれで全部だよ。そろそろお昼休み終わっちゃうし戻らないと」

「桐谷先生……ありがとうございます！」

俺は心の底からお礼を言った。

本当にこの先生には助けられてばかりだ。

だからこそ、今の話を聞いて桐谷先生にどうしても言いたいことがあった。

「あの、先生……一つ良いですか？」

「？　どうしたの？」

桐谷先生は不思議そうな口調で訊《き》き返す。

そんな彼に俺はきちんと伝わるように──。

「きっと桐谷先生は、また七瀬さんに会えると思います！」

俺の言葉を聞いた瞬間、桐谷先生は驚いて目を見開いた。

「今は海の向こうに住んでいて、なかなか難しいかもしれないですけど……桐谷先生なら絶対にまた会えますよ！」

桐谷先生は七瀬さんに告白しなかったことに後悔はないって言っていて、それはきっと本当のことだと思う。それに前に話した時、桐谷先生は七瀬さんの邪魔になるから、と今後彼女と会うつもりもなさそうだった。

……でも彼の生徒として、俺は桐谷先生の恋は報われて欲しい。

だって、彼はこんなにも素敵な先生なのだから。

「健司くん、ありがとう」

桐谷《きりたに》先生はお礼を言ってくれたあと、また笑った。

それは俺が見た中で一番かっこいい笑顔だった

◇◇◇

「今日も疲れたな」

サッカー部の練習が終わったあと、俺は一人帰り道を歩いている。

もう大会が間近に迫っているので、練習は結構ハードになっていた。

おかげでせっかく部活に慣れてきた体も、至るところが筋肉痛になっていた。

「ただいまー」

帰宅すると、玄関の明かりが点《つ》いていなくて、リビングも真っ暗だった。

そういえば今日は父さんも母さんも遅くまで仕事なんだっけ。

「……しまった。晩飯買ってくるの忘れたな」

こういう時はコンビニとかで買って帰らなくちゃいけないのに。

……しょうがない。今から買ってくるか。

そう思って玄関の扉を開けようとした瞬間、インターホンが鳴った。

「？　誰だこんな時間に……？」

疑問を抱きつつ、ドアノブに手をかける。

すると、扉を開けた先には驚きの人物が佇《たたず》んでいた。

「こんばんは。きぬ」

爽やかな声。見上げるくらいの高身長。モデル並みのイケメンフェイス。

俺の元親友——齋宮透矢《いつきとうや》だった。

「透矢、どうして……！」

「いやぁ、夕方に来てみたんだけど誰も出なくてさ。それで出直してみれば……これはびっくりだね」

透矢はじっくりと俺の制服を見る。そうして彼は話を続けた。

「まさか、きぬが高校に通ってるなんてね」

「……最近、通い始めたんだ。中学の頃は途中から不登校になったからな」

「へぇー、誰が君のことをいじめたんだろうね」

透矢は白々しい物言いで言ってくる。

それに胸の奥底から湧き上がる感情があったが、何とか抑えた。

そもそも発端を作ったのは、俺だからな。

「それより何しに来たんだよ」

「君をからかいに来たんだ」

「じゃあ帰れ」

すぐに言葉を返すと、透矢《とうや》は面白がるように笑った。

「ちょっとした冗談だよ。本当は君に少し伝えたいことがあって来たんだ」

「伝えたいこと？」

俺が訊《き》き返すと、透矢はこくりと頷《うなず》いた。今更、透矢が俺に伝えたいことってなんだ？

『帝城高校《ていじょう》』のサッカー部でもうレギュラーを取れたとか、そういう自慢か？

透矢の実力なら全然そうなっていてもおかしくないけど。

そんな感じで考えていたら、透矢の口からは予想外の言葉が出てきた。


「僕、るいりと別れたんだ」


さらっと透矢が明かすと、俺は驚いてすぐには言葉が出てこなかった。

「すごいびっくりしてるね」

「そりゃ……まあそうだろ」

透矢とは色々あったけど、彼がるいりのことが小学生の頃から好きだったことは本人か

ら聞いている。

だから、一年経《た》ったくらいで別れるなんて信じられなかった。

そう思っていたら、透矢《とうや》の口からさらに衝撃的な言葉が出てくる。

「あんなつまらない女、僕が捨ててやったよ」

「っ！　お前……！」

俺が感情的になろうとすると、透矢は両手で宥《なだ》めるようにしてくる。

「まあまあそんな怒らないで。僕の話も聞いてよ」

透矢はむかつくほど爽やかな笑顔を見せると、話を続けた。

「だって酷《ひど》いんだよ、あの女。僕とデートしても全然楽しそうにしないし」

「……透矢、もう止《や》めろよ」

「それに付き合って一年くらい経っても、キスどころか手も繋《つな》いでくれない。そんなの彼女失格でしょ」

「……もう止めろ」

「あーあ、あんな女と付き合うんじゃなかった」

「だからもう止めろって！」

叫ぶと、ようやく透矢は話を止めた。

「透矢……なんでそんなこと言うんだよ」

俺は絞り出すような声で、そう言った。

怒り、というより悲しかった。誰にでも優しくて最高にかっこよかった親友――いや、元親友がこんな酷いことを言っていることがとても悲しかったんだ。

「なんでって……そもそも僕、るいりのこと好きじゃないからなぁ」

「は？　何言ってんだよ」

透矢が訳のわからないことを言い出したので、俺は訊《き》き返した。

それに透矢は半笑いで答えていく。

「だから、僕はるいりのことが好きじゃないんだって」

「……じゃあ、どうしてるいりに告白したんだよ」

「それは僕がきぬのことが大嫌いだから」

透矢は面と向かって、はっきりと言ってきた。中学の頃に言われたことと同じ言葉だ。

だが、そんな答えを聞いても、やはり理解できなかった。

どうして俺が嫌いだからって、るいりと付き合おうと思うんだ？

「君は本当に鈍いなぁ。嫌がらせだよ、嫌がらせ」

俺の様子を察したのか、透矢が呆《あき》れたように額に手を当てながら言葉を付け足す。

「僕はね、実は中学の時、きぬがるいりに告白する前から君が彼女のことが好きだったことを知っていたんだよ」

「えっ……」

それは初めて聞いたことだった。

じゃあ俺がるいりに好意を抱いているって知った上で、中学の頃、透矢《とうや》は俺に自分とるいりが付き合えるように手伝わせたのか……？

「だから、僕は君が好きなるいりと付き合って、嫌がらせをしたかったんだ」

「本当にただそれだけをするために付き合ったのか……？」

訊《き》くと、透矢は首を縦に振る。

「そうだよ。それくらい僕はきぬのことが嫌いだったからね」

透矢はにこりと笑う。

そんな彼がいまどんな感情を抱いているのか、俺には感じ取れなかった。

「でもあんなつまらない女、もういらないと思ったから別れたんだ。きぬとは高校が違うし、嫌がらせする意味がなくなったからね」

「お前、そんな言い方——！」

言っている途中、俺はふとあることに気が付く。

直後、俺は透矢に言おうとしていた言葉を止めた。

「きぬ、るいりのことは好きにしていいよ」

透矢はもう興味がなくなった、みたいな口調で話す。

それは中学の頃、るいりに後から告白した俺に激昂《げきこう》した彼とは思えない発言だった。

「透矢、お前……」

「あーあ、本当につまらない女だったな」

透矢は独り言のように呟《つぶや》く。

そんな彼は少し寂しそうにしているように見えた。

「あっ、あとね中学の時に君がるいりに告白したことを僕にバラしたのは、るいりじゃないから」

透矢は思い出したかのように話し出した。

「っ！　でもお前、当時はるいりから聞いたって……」

「そんなの嘘《うそ》だよ、嘘。本当はたまたま君の告白を見ていたクラスメイトが友達に話していて、それを僕が聞いただけ」

透矢は軽い感じで言うと、加えてもう一つ伝えてきた。

「ついでに言うと、きぬが辛《つら》い目に遭っている時、るいりが君に何もしなかったのは僕が原因だから」

「透矢が原因って……どういうことだよ？」

俺が訊き返すと、透矢は悪い笑みを浮かべながら答えた。

「るいりを少し脅したんだ。きぬのことを助けようとしたら、君もきぬと同じ目に遭うかもって。そうしたら、るいりはビビッて君のことを助けようとはしなくなったよ」

「っ！　どうしてそんなことしたんだよ……」

「それは……」

そこで透矢《とうや》は言葉に詰まる。

けれど――。

「きぬに嫌がらせをしたかったから。それだけだよ」

最終的には、透矢ははっきりとそう言った。

そこでまた俺はあることに気づくと、もう何も言わなかった。

「僕が伝えたかったことはこれだけ。これから君がるいりに告白しようが付き合おうが僕には何も関係ないから」

最後にそう伝えると、透矢はくるりと回ってこちらに背中を向けた。

「じゃあ、そういうことだから」

透矢は歩いて、少しずつ俺から遠ざかっていく。

そんな彼の背中はひどく孤独に見えて、どこか塞ぎこんでいた時の俺と似ていた。

「透矢！」

名前を呼ぶと、透矢はこちらに振り返る。

「何さ？　僕に言いたいことでもあるの？」

「そうだよ」

俺がそう答えると、

「いいよ。罵倒でも何でもしてみなよ」

透矢はどんな言葉でも受け止めると言わんばかりに、堂々とその場に立っている。

でも彼には悪いけど、これから俺が言う言葉は罵倒なんかじゃなくて——。

「ありがとな。透矢」

感謝すると、透矢は驚いたように目を大きく見開いた。

それから、彼はクスっと笑って、

「バカじゃないの。何できぬが僕にお礼を言うのさ」

「確かにそうだな」

俺も少し笑ってしまった。

「本当に君はバカだな……そして、僕もバカだ」

透矢はもう真っ暗になっている夜空を見上げて、寂しそうに言った。

その後、彼はまた俺に背中を向ける。

「じゃあね、きぬ」

「おう、また会おうな」

しかしそれに返事はなく、透矢はこの場から去っていった。

そうして俺だけが一人残される。

「……あいつ、嘘《うそ》つくの下手すぎなんだよ」

透矢《とうや》が俺に話している時、彼は嘘をついている時があった。

俺に嫌がらせをするために、るいりと付き合った話をしていた時。

それと、るいりがいじめられている俺を助けられないように透矢が脅した話をした時だ。

その時、彼はズボンを掴《つか》んでいた。

昔から彼が嘘をつく時の癖だ。

つまり、透矢は本当はるいりのことが好きで付き合っていて、好きだからこそ彼女のことを脅してしまったんだと思う。

だとしたら、るいりのことを散々酷《ひど》く言っていたけど、きっとそれも全て嘘。

それでも彼はわざわざ俺に、二人が別れたことを伝えに来てくれた。

おそらくこの先、いつでも俺がるいりにアプローチしたり告白しても良いように。

結局、昔と同じで透矢は優しいままだったんだ。

「……まあ俺のことが嫌いって言っていた時は嘘ついてなかったけど」

それも何となく彼なりの理由がある気がした。

じゃないと俺の家にまで来て、るいりと別れたなんて伝えに来ないから。

「本当にありがとな」

既にいなくなった透矢に向けて、俺はもう一度お礼を言った。

そして思う。

やっぱりもう一度、透矢と親友に戻れたらなって。

でも、きっと戻れると思う。今の俺と透矢なら。

全く根拠はない。

でも、不思議とそんな気がした。

◆◆◆

きぬに全てを伝えたあと。僕──齋宮《いつき》透矢は帰宅するために一人で住宅街を歩いていた。

「ありがとうって……バカなやつ」

さっきのきぬのことを思い出しながら、僕は呟《つぶや》いた。

僕は彼に散々酷いことをしたっていうのに……本当にバカだよ。

そう思っていたら、ふと僕は昔のことを思い出す。

僕が小学生の時、父親は仕事で転勤ばかりしていて、僕は必然的に転校を繰り返していた。

それに小学生の時の僕は人見知りで、口数も少なくて、とても友達ができるようなタイプじゃなかった。

そんな時、四回目の転校先の小学校で、きぬとるいりに出会ったんだ。

二人は人見知りで上手《うま》くコミュニケーションができない僕に、優しく何度も話しかけてくれた。特にるいりは何度も一緒に遊ぼうって誘ってくれた。

その時には、もう僕は彼女のことを好きになっていたと思う。

同時に、僕はきぬのことを羨むようになった。

るいりと幼馴染《おさななじみ》でいつも彼女を笑顔にする。

そんな彼のことを羨んで……次第に嫌い——いや大嫌いになった。

僕はるいりのことが好きなのに、どうしてお前がいつも一緒にいるんだって。

身勝手にそう思うようになったんだ。

そんなある日。僕がるいりたちと遊ぶために公園で待っていると、同級生で他クラスの男子生徒たちがやってきたんだ。

彼らは評判が悪くて有名な生徒たちだった。

「おい、ここは俺たちが使うんだ。どけろよ」

だから僕が一人でいたら、男子生徒の中の一人が容赦なく言葉を放ってきた。

「で、でも……僕も遊ぶ約束をしているから」

「は？　お前ってたしか最近、転校してきたやつだよな。よそ者が調子乗んなよ」

男子生徒が睨《にら》みつけてくる。今にも殴られそうな雰囲気だ。

それに僕は恐《こわ》くなってすぐに逃げようとした。

けれどその時、不意に後ろから声が聞こえたんだ。

「そっちこそ調子乗んな」

見たら、きぬが男子生徒に向かって言っていた。

すると、次に男子生徒はきぬのことを睨みつけて、

「またお前かよ、健司《けんじ》。そろそろいい加減にしろよ」

「それはこっちのセリフだ。公園を独り占めするんじゃねぇバカ」

「バッ……!? お前、今日もボコボコにしてやるからな」

「やってみせろよ。おら」

きぬが挑発するように手招きする。

その仕草はとても慣れているように見えた。

「いくぞお前ら」

「「「おー」」」

直後、僕ときぬと話していた男子生徒が声を出すと、他の男子生徒たちも続く。

次いで、一斉に男子生徒たちがきぬに飛びかかった。

そして数分後。ボコボコにされたきぬが地面に倒れていた。

――って、めちゃくちゃ喧嘩《けんか》弱いじゃん!?

「きぬくん、大丈夫?」

一応、心配しておく。

僕は彼のことをニックネームで呼んでいるけど、この時は正直、るいりが使っているから仕方がなく呼んでいた。

本当は嫌いなやつをニックネームで呼びたくなんかなかった。

「平気、平気。いつものことだから」

起き上がると、きぬは笑いながらそう返す。

「きぬくんって、いつもこんなことしてるの……?」

「おう。だってあいつらいつも公園を独占しようとして、ムカつくから」

「だからって毎回ボコボコにされなくても……」

彼は本当にバカなんじゃないかって、心の底から思った。

あんな奴《やつ》ら放っておけばいいのに……。

「でも、今日はそれ以外にも理由があったな」

不意にきぬがそんなことを言い出した。

それから彼はこっちを見ずに、まるで当然のことかのように――。

「あいつら、透矢《とうや》のことを傷つけようとしていたからな」

きぬの言葉を聞いて、僕は少し戸惑った。

「僕のことを助けようとしてくれたの？」

「当たり前だろ。俺と透矢は、その……友達だから」

照れくさそうに言うきぬ。

それを聞いて、僕は一瞬、頭が真っ白になる。

「……僕ときぬくんって友達？」

「えっ、違うのか？　俺はそう思ってたけど……違うのか」

きぬは悲しそうに顔を俯《うつむ》ける。

そんな彼は腕とか傷だらけで、それが全て僕のためだと思うと――。

気が付いたら、僕はきぬの両手を握っていた。

「ううん、僕ときぬくんは――いや、僕ときぬは友達だ！」

この時、僕は初めて自分の意志で、彼のことをきぬと呼んだ。

そして、僕は人生で初めてのかけがえのない友達ができたんだ。

それからの毎日はとても充実していた。

るいりときぬと遊びまくって、楽しいが溢《あふ》れていた。

ある日。きぬから誘われて始めたサッカーも僕は向いていたみたいで、どんどん上達していった。

きぬもパスが物凄《ものすご》く上手《うま》くて、彼と一緒にプレーするサッカーは本当に最高だった。

ずっとこんな日々が続いて、三人で過ごしていくんだろうなって思った。

——けれど、同時に僕の心に良くない感情が少しずつ侵食していった。

三人でいる時に、どうしても感じてしまうんだ。

るいりときぬの二人の間にある特別な絆《きずな》。

幼い頃からずっと一緒にいたからこそ、築き上がっている他の誰も立ち入れない関係性。

僕は変わらず、るいりのことが好きだったけど、とても二人に割って入ることなんてできなかった。

だから二人と一緒にいるのは楽しかったけど、段々と辛《つら》くもなっていったんだ。

そんな感情が少しずつ募っていって、中学三年生の時。

僕は限界を迎えてしまった。

いっそ二人との関係を断とうかと考えた。

でも、それ以上にるいりを彼女にしたい、自分のものにしたいっていう自分勝手で最低な思いが僕を支配していたんだ。

だから、まず僕はきぬに好きな人がいるか訊《たず》ねた。

これでもし彼がるいりの名前を出したら、僕は潔く身を引くつもりだった。

……いや、この言い方は少し卑怯《ひきょう》だ。

正直、僕は質問した時、きぬが僕を含めた三人のことを考えて、るいりの名前を出さないだろうなって、そう思っていた。それくらい彼はるいりのことも僕のことも大切に思っていて、それを僕は知っていたから。

案の定、きぬは好きな人はいないって答えて、僕はそれを言い訳に何としても、るいりのことを彼女にしようと決めた。

だから、僕はきぬにるいりが好きだって伝えて、彼に僕のアプローチを手伝って欲しいと頼んだ。

きぬは優しいから、これでるいりにアプローチしたり告白することはできなくなる、とそう思ったから。

次に僕はるいりに積極的にアプローチをして、デートに誘ったりもした。

デートは毎回、断られてしまったけど、とにかく僕がるいりのことが好きだって間接的に彼女に伝えたんだ。

そして、僕は告白をした。

……でも、最初は断られたんだ。

「私には好きな人がいるから」って、そう言われて。

その好きな人っていうのは、当然きぬのことで、知ってるよって思った。

でも、僕はそんなことで引き下がるつもりは全然なかった。

だから、るいりにこう言ったんだ。

「きぬに好きな人はいないみたいだよ」

「えっ……」

「本当だよ。きぬに訊《き》いたらいないって、それに僕がるいりと上手《うま》くいくように手伝ってって言ったら、快く引き受けてくれたんだ」

「そ、そうなんだ……」

るいりは明らかに動揺していた。

彼女も少しはきぬが自分に好意を抱いてくれているって思っていたんだろう。

僕はそんな彼女の心の揺らぎを見逃さなかった。

「るいりはきぬのことが好きなままで良いの？」

「それってどういう意味……？」

「だって小さい頃からずっと一緒にいて、それでも振り向いてもらえていないんでしょ？　だったら僕と付き合った方がマシじゃない？」

「透矢《とうや》くん、何言ってるの。そんなことないよ」

るいりは信じられない、とでも言いたげな表情を浮かべている。

それでも僕は引かなかった。

「お試しで付き合ってみるだけでも構わない。それくらい僕はるいりのことが好きなんだ」

「そんなこと言われても困るよ……」

るいりは頑《かたく》なに断る。

普通にやっていても埒《らち》があかない。そう思った僕はちょっと言葉を変えることにした。

「きっと僕とるいりが付き合ったら、きぬは喜ぶよ」

「きぬが……？」

「うん、だって大切な幼馴染《おさななじみ》と親友が恋人になるんだから。そうは思わない？」

そこで、るいりは初めて迷っているような仕草を見せる。

そして、彼女は決意を固めたような表情を見せた。

「わかった。透矢《とうや》くんと付き合う」

「ありがとう」

こうして、僕はるいりと恋人になった。

嬉《うれ》しい気持ちはあったけど、それよりきぬのことが関わるとこんなにすぐに付き合えるのか、と虚《むな》しい気持ちにもなった。

でもこれで良い。

るいりには少しずつ僕を好きになってもらえば良いから。

しかし、数日後。予想外の事態が起きた。

きぬがるいりに告白をしたんだ。

まさか親友の僕の気持ちを知った上で、きぬがそんな行動に出るとは思わなかった。

るいりは彼の告白を断ったけど、僕は物凄《ものすご》く焦った。

このままじゃ、るいりを取られちゃうんじゃないかって。

だから、僕はきぬのことを徹底的に攻撃した。

ただ好きな人を取られたくない一心で。

でも、るいりは親友がるいりのことが好きって知っているのに告白した、きぬにも非があるとわかった上で、彼のことを助けようとしたんだ。

そんな彼女のことを、きぬに話した通り僕は少し脅した。

そうして、僕は誰にも邪魔をされずにきぬに攻撃を続けた結果。

彼は学校に来なくなってしまった。

そしてこの時、僕はようやく何をやっているんだろうって思った。

取り返しがつかないことをしてしまったって。

……でも、もう何もかも遅い。

そう思っていた時、るいりから別れたいって言われた。

当然だ。親友を不登校にさせるやつなんかと付き合ってなんかいられないだろう。

……けれど、僕はるいりの優しさに付け込んで、別れることもせず、ずっと彼女と付き合い続けた。

手を繋《つな》ぐこともなく、キスをすることもなく、それどころかデートをしている時に彼女が楽しそうにしていなくても。付き合い続けたんだ。

もうどうしようもない。

全てを諦めていた時『フリーダム』という映画を見た。

その映画に出ている七瀬《ななせ》レナさんという女優を見て、僕は感動した。

映画の中で、役とか関係なく彼女は一番生き生きとしていた。

演技が心の底から好きなんだって、そう感じさせる演技をしている気がしたんだ。

そんな七瀬さんは僕とは真逆で、とてもキラキラしていた。

そして、僕も彼女みたいに生きてみたいって思った。

映画を見終わった後、パンフレットを見てみると、彼女のインタビューページでこんなことが書かれていた。

『自分らしく生きていた方がどんな人生より絶対に一番楽しいですから！』

その言葉を見て、僕は僕なりに自分らしく生きることを考えた。

そうして決めたんだ。

少なくともこのまま、るいりと付き合っていても自分らしくなんか生きられないって。

そして映画館に行ったその日に、僕はるいりに別れようって伝えた。

るいりも同じことを伝えようとしていたけど、この歪《いびつ》な関係は僕が作ってしまったものだから、僕が終わらせることが最低限のけじめだと思ったんだ。

そして今日、僕はきぬに全てを伝えた。

「ここから、また始めよう」

何もかも失ってしまったけど、それは自業自得だ。

自分の罪を受け入れて、また始めるしかない。

もしかしたら、その資格もないのかもしれないけど……。

その時、不意にスマホに着信。

出ると、僕が通っている帝城《ていじょう》高校のサッカー部の監督――松永《まつなが》さんからだった。

「おい透矢《とうや》！　てめぇいつまで練習に出ないつもりなんだよ！　ふざけんなよ！」

いきなりの怒号。この人、入学前は優しい人だったのに、入部した途端口調が荒くなったんだよね。……でも、監督が怒っているのは無理もない。

ここ一か月間、僕はサッカー部の練習に行ってないからだ。

理由は強豪校で練習をしたり試合をしたりする中、僕の実力が全く通用していないから。

実力には自信があった分ショックだったけど……でも今はもうそんな気持ちは一切ない。

「すみません。明日から出ます」

あっさり言うと、監督は驚いたように「そ、そうか！　頼んだぞ！」とだけ言って通話を切った。

「……よし」

明日から頑張ろう。サッカーも何もかも。全力で。

そうしていたら、いつか僕も自分らしく生きられる気がするから。

◇◇◇

透矢《とうや》が帰ったあと。

俺は晩飯を買うためにコンビニに向かっていた。

「きっと透矢も複雑な思いを抱いていたんだろうな」

昔から俺、るいり、透矢はずっと一緒だった。だからこそ、るいりのことが好きだった透矢は色々と感情を抑えていた部分もあるだろう。

そんな彼が今日、わざわざ俺に真実を伝えにきてくれた。

色々話していたけど結局、透矢はるいりは何一つ悪くないんだってことを伝えたかったんだと思う。

それどころか、るいりは俺のことを救おうとしていたんだよって。

先日、るいりは中学の時、俺が彼女に告白したことを透矢にバラしたのは自分だと言っていた。

俺がクラスメイトたちにいじめられていても助けなくて、俺が学校に行かなくなっても彼女は俺の家に訪ねてすらいないとも。

でも透矢の話を聞いてわかったけど、この中の二つは嘘《うそ》だ。

それに確かに俺の家に訪ねてこなかったけど……言い方が悪くなってしまうが、透矢に脅されていたからかもしれないし。

そう考えると、桐谷《きりたに》先生の話を聞いた時も思っていたけど、尚更《なおさら》るいりが俺のことが大嫌いなんて……少し違う気がした。

「るいりは本当は俺のことをどう思っているんだろう」

よくよく考えたら、昔からほとんどずっと一緒にいるのが当たり前だったから、真剣にこんなことを考えるのは初めてかもしれない。

そうやって考えていくと、同じくして俺はどれだけるいりのことが好きなのか改めて認識する。

色んなことがあったけど何だかんだ言って、小さい頃から何も変わらず俺はずっとるいりのことが大好きなんだなって。

「伝えたいな」

気づいたら、ふと呟《つぶや》いていた。
自分の気持ちを伝えたい、そんな思いが強くなっていた。
こんな気持ちになったのは初めてだ。
そして、これはたぶん透矢《とうや》のせい。
彼が覚悟をして、俺に全てを伝えてくれたから。
俺も好きな人に好きだって伝えたくなったんだ。
「晩飯とか買ってる場合じゃないや」
俺は方向転換して、コンビニがある向きとは真逆に走り出す。
俺が向かっているのは、もちろんるいりの家がある方向。
この時の俺は十年以上、るいりと一緒に過ごしてきて一番彼女に会いたくなっていた。
どうしようもなく、るいりに会いたい。
そんな想《おも》いを抱きながら、俺は止まることなく走り続けた。

◇◇◇

「着いた」

数分、走り続けていたらあっという間に、るいりの家に着いた。

勢いで来ちゃったけど、彼女は今日学校を休んでいたからな。

もし風邪とかだったらどうしよう。

少し冷静になって、俺は心配になる。

そんなことさえ頭に浮かばないほど、さっきはるいりに会いたい気持ちが強かった。

もちろん今もるいりと会って、話をしたい。

そして、俺の気持ちも伝えたい。

そう思っていたら、不意にるいりの家の玄関の扉が開いた。

現れたのは、なんとるいりだった。

「えっ……きぬ」

「お、おう。るいり」

とりあえず挨拶をしてみる。

彼女を見る限り、特に体調が悪そうとかそんな感じはしなかった。

風邪で学校を休んだとか、そういうわけではなさそうだ。

「あっ……えっと、じゃあね」

るいりは気まずそうにして、家の中に戻ろうとする。

「ま、待って！　透矢から全部聞いたんだ！」

慌てて叫ぶと、るいりはピタリと止まった。

……あ、あぶねぇ。

そう安堵《あんど》しつつ、続けて俺はるいりに言った。

「立ち話もあれだし、ちょっと場所を変えて話さないか？」

訊《たず》ねると、るいりは少し迷いながら、

「わかった」

そう返して、頷《うなず》いた。


俺とるいりは彼女の家から、近所の公園に移動してきた。

ここは中学の頃、俺が彼女に告白した場所でもある。

「さっきも言ったけど透矢《とうや》から全部聞いたんだ。るいりが俺のためにしてくれていたこと」

「……そうなんだ」

二人してベンチに座ったあと、俺が説明するとるいりはそれだけ呟《つぶや》いた。

少し俯《うつむ》いていて、彼女の表情ははっきり見えない。

「その……ありがとな。中学の頃、俺のことを助けようとしてくれていたんだろ？」

「助けようとしたなんて……私はそんなことしてないよ」

「してるって。少なくとも俺はそう思ってる」

透矢の話を聞いて、俺は素直にるいりに感謝したいと思った。

　同時に、彼女のことを憎んでいた俺をぶん殴りたいとも。

「違うの。私は本当にそんな大した人間じゃないの」

　るいりは目を伏せて、悲しそうに言葉を返す。

　それから彼女はそのまま話を続けた。

「中学の時、きぬが酷《ひど》い目に遭ったのは私のせいなんだよ」

「……えっ、どういうことだ？」

　るいりの言葉に驚いて、俺は訊ねる。

「私はね、透矢くんのことが友達としては好きだったけど、異性としてはその……好きじゃなかったの。……それでも私は自分勝手な理由で透矢くんと付き合うことを選んだの」

　るいりは顔を俯けて、そう語った。

「だからね、もし私が透矢くんの告白を断っていたら、きぬはあんな目には遭ってなかったんだよ」

　るいりはようやく顔を上げてこっちを見る。

　そんな彼女の綺麗《きれい》な瞳には涙が溜《た》まっていた。

　細い肩や小さな手がひどく震えている。

　それだけ、るいりはずっと辛《つら》い思いを抱えていたんだ。

　……そっか。だから高校で会っても、ずっと俺のことを避けていたのかもしれない。

俺はもう一度、中学の時のことを考える。

いま目の前で泣いている、るいりを助けるために。

あと俺たち三人の関係を歪《ゆが》めた一件をちゃんと終わらせるために。

そして、一つの答えが出た。

「俺はさ、中学の頃のことはきっと三人みんなのせいだと思っているんだ」

「三人のせい……？」

「そうだ。まず俺がるいりに告白したのが悪いし、透矢《とうや》がクラスメイトを使って俺に酷《ひど》い目に遭わせたのも悪い。るいりが好きじゃないのに透矢の告白を受け入れたのも悪い」

そうやって俺は淡々と話していく。

「つまり、俺たちは三人とも間違えたんだよ」

最後にそう言って話し終えると、るいりは諦めたように項垂《うなだ》れた。

「じゃあ私たちはもう終わりだってことだね」

「それは違う」

るいりが力のない声で呟《つぶや》いた言葉を、俺はすぐに否定した。

彼女はびっくりしたように、こちらに顔を向ける。

「うちの担任の桐谷《きりたに》先生っているだろ？　あの人が言ってたんだ」

間違いがない人生はない。

きっと人は時々、間違えながら生きている。

そして、間違ってしまった自分もそれは自分自身なんだと。

ゆえに間違った自分のことを否定しなくても良い。

そんな自分を受け入れても良いって。

「だから間違えたって、今すぐとはいかなくても、俺たちはまた前みたいに一緒に楽しく過ごせるような関係に戻れるよ」

「……そっか、そうだよね！」

少しるいりに元気が出てきた。彼女を見て、俺も少し嬉《うれ》しくなる。

……けれど、俺が彼女に会った理由はこれじゃない。

「それでさ、るいり。実はお前に一つ言いたいことがあるんだけど」

「……？　どうしたの？」

るいりはキョトンとする。

それから俺は大きく深呼吸をした。

いま抱いているこのみっともない気持ちも間違っているんだと思う。

これのせいで親友を悲しませて、三人の関係も壊してしまったんだから。

そんな気持ちを抱いている俺は、きっと有害な人間なんだ。

それでも俺は間違っている自分を受け入れて、この想《おも》いをるいりに伝えたい。
覚悟を決めて、全てを伝えてくれた透矢《とうや》のためにも。
自分らしく生きようと決めた俺自身のためにも。

「俺はるいりのことが好きなんだ！」

そして、俺は間違いだらけのみっともない想いを伝えた。

○エピローグ

健司《けんじ》くんが星蘭《せいらん》高校に登校し始めてから、およそ三か月が経《た》った頃。

肌寒い秋風が吹く中、僕──桐谷翔《きりたにかける》は制服や遅刻チェックの当番のため校門前に立っていた。

「先生、おはよう」「おはようございまーす」

「おはよう」

二人の男子生徒に挨拶をされて、僕も同じように挨拶を返す。

たしかあの二人は同じサッカー部だったはず。

サッカー部といえば、直近の大会を物凄《ものすご》い勢いで勝ち進んでいるらしい。

星蘭高校はスポーツ校じゃないし運動部は基本的に強くはないんだけど、今年のサッカー部は例外みたいだ。

その要因の一つは、なんと健司くんなんだとか。

健司くんの多彩なパスで相手を翻弄して、最後は二年生の工藤《くどう》くんというストライカーがゴールを決める。このパターンで毎回勝っているみたいだ。

そんな活躍もあってか、健司くんはプロも輩出したことがある大学の監督の目に留《と》まっているみたい。

健司《けんじ》くん、頑張ってるんだなぁ。本当にすごいよ。

「先生、おはよ」「おはよー」

今度は恋人っぽい男女の生徒たちに挨拶をされて、僕も「おはよう」と挨拶を返した。

これは健司くん本人から聞いたことなんだけど、二か月くらい前に彼は相馬《あいま》さんに告白をした。本当は告白したことなんて話したくなかっただろうけど、僕に沢山助けられたからと特別に教えてくれたんだ。

そして結果は――。

〝保留〟だったらしい。

その答えを聞いて健司くんは、とりあえず待つことに決めた。

けれど二人は一緒に登校しているし、たぶん本来の仲に戻ったんじゃないかなって思う。

そういえば健司くんの親友で……齋宮《いっき》くんだったかな。健司くんは彼とも少しずつ関係を修復して、今ではお互いの試合を見に行くほどになったみたいだ。

齋宮くんと相馬さんの間にもすれ違いがあったらしいけど、それも健司くんが頑張って改善したみたいだ。

おかげで健司くんは、まだ時々だけど昔みたいに相馬さんと齋宮くんと三人で遊んだりしていると喜んでいた。

健司くんは僕のおかげとも言ってくれたけど、僕は彼がちゃんと過去に間違ってしまった自分を認めて、いま精一杯に自分らしく生きているからだって思う。

間違いがない人生はない。

つまり、人は誰だって間違っているんだ。

だから人生で一度や二度、間違ってしまって、塞ぎこんでしまっている人がいたら安心して欲しい。

他のみんなも、それほど君と変わらないから。

健司くんと話している時、冗談なのか彼は自分のことを有害な人間だって言ってたけど、考えてみると人ってみんな有害な人間なのかもしれない。

そんな健司くんの言葉を借りると、人生で間違ってしまった時、大切なのは勇気を出して自分を有害な人間だって認めること。

そうしたら少しずつでも前に進めて、やり直すことができる。

そして、きっと君も健司くんみたいに自分らしく生きられるようになるから。

「今日の当番、桐谷《きりたに》先生なんだ」

不意に馴染《なじ》みのある声が聞こえる。

視線を向けると、健司《けんじ》くんが立っていた。隣には相馬《あいま》さんも一緒にいる。
彼はどこか堂々としていて、そこにはもう塞ぎこんでいた頃の彼の姿はどこにもない。
「健司くん、おはよう」
健司くんに僕は挨拶をする。
すると、彼は少し嬉《うれ》しそうにしながら、
「おはよう！　桐谷《きりたに》先生！」
笑って挨拶をしてくれた。
健司くんの笑顔はとても素敵で、彼は楽しく生きられているんだなって思った。
僕はそれがまるで自分のことのように嬉しかったんだ。
これは間違った自分自身を受け入れて、どうしようもなくみっともない想《おも》いを告げた
――一人の有害な人間《シェーマ》の物語。

○エピローグ2

とある日。今日は星蘭《せいらん》高校のサッカー部の大会があった。

きぬが出場したサッカー部の試合を見終わったあと。

私はきぬと、試合を見に来ていた透矢《とうや》くんと三人で一緒に帰宅すると、すぐに自室で部屋着に着替えた。ちなみに試合結果は接戦を制して、星蘭高校の勝利だった。

「今日のきぬもすごかったなぁ」

工藤《くどう》先輩のところにビュンッてパスしてたもんね。目が追いつかなかったよ。

そうやって興奮していると、真紀《まき》ちゃんからMINEが来た。

内容は、今からゲームをやろうって。

私はサッカー部のマネージャーをやっているけど、ゲームを止《や》めてはいなかった。

真紀ちゃんに『了解』って返すと、ゲームの電源を付ける。

そして――ボイスチェンジャーをつけた。

「あっ、これはもういらなかった」

うっかりしていた私はボイスチェンジャーを外そうとする。

……やっぱり、ちょっと遊んでみようかな。

それから、私はボイスチェンジャーの電源をつけて、話した。

『よう。オレはマルマルだ』

私の声は見事な男性の声に変わっていた。

それも『マルマル』の声だ。

中学三年生の頃。きぬが学校に来なくなってしまってから、私はどうにかして彼のことを助けたいと思った。

でも、直接訪ねようと彼の家の前まで行ってもインターフォンを押す勇気が出なくて、どうしようか悩んでいた時。

たまたまスーパーで、きぬのお母さんと会った。

きぬのお母さんは自分の息子を心配しつつ、最近ゲームとSNSをやり出したことを教えてくれた。

そこで私はこっそりきぬのお母さんに彼のアカウントを教えてもらって、ゲームを通じて彼に接触しようと思ったんだ。

メッセージを送りまくって、何とかゲームを一緒に遊ぶ約束は取り付けたけど、もしかしたらゲームをして会話をしている時に声でバレてしまうかもという不安があった。

私は必死で良いボイスチェンジャーを探して、購入した。

それを使った私が『マルマル』の正体。

そして、これは私が今まできぬについた中で一番大きな嘘《うそ》だ。

「きぬが知ったら、びっくりするだろうな」

……でも、まだ私は明かすつもりはない。

きぬに告白の返事を待たせてしまっているから。

私は中途半端だった自分のせいで、きぬと透矢《とうや》くんを傷つけた自分を許せない。

でも、もし自分が自分を許せる日がきて、きぬにふさわしい女の子になれたら。

その時は——今度は私から告白をするんだ。

ついでに『マルマル』のことも言っちゃおうかな、なんてね。

大きな嘘をついてでも、好きな人を助けようとした——一人の有害な人間《シェーマ》。

間違った自分自身を受け入れて、どうしようもなくみっともない想《おも》いを告げた——一人の有害な人間《シェーマ》。

これはそんな二人の有害な人間《シェーマ》が、いつか結ばれる物語。

『あとがき』

初めまして。以前から私の作品を読んで下さっていた方はお久しぶりです。三月《みつき》みどりです。

この度は『グッバイ宣言』に続いて、Ｃｈｉｎｏｚｏ様のボーカロイド曲ライトノベル、第二弾の『シェーマ』の著作をさせていただき大変光栄に思っております。

今作は『グッバイ宣言』を読んだ方も、読んでいない方も楽しめるようになっておりますので、ぜひ様々な方に読んで頂けたら幸いです。

『シェーマ』のざっくりとした内容は、とある間違いを起こしてしまった主人公——田中《たなか》健司《けんじ》が色んな経験を得て、少しずつ立ち直っていくというお話です。

みなさんは人生で間違いを起こしてしまったことはあるでしょうか。

と聞いておいてあれですが、たぶんみんな大なり小なりあると思います。

もちろん私もあります。

間違いを起こしてしまった時、自分が悪いとわかっているのに他人のせいにしてしまったり、逆に自己嫌悪してしまったりすることもあると思います。

この作品はそんな人たちが読んで、少しでも立ち直るきっかけになってくれたらな、と個人的には思っております。

では、最後となりますが謝辞を述べさせてさせていただきたいと思います。

Ｃｈｉｎｏｚｏ様。今作も『グッバイ宣言』以上にアドバイスを下さりありがとうございました！　Ｃｈｉｎｏｚｏ様のアドバイスがなければ『シェーマ』は完成しなかったと思っております。

アルセチカ様。今回も可愛《かわい》すぎる素敵なイラストありがとうございます！　控えめに言って最高です！

担当編集のＭ様。執筆中、様々なご指摘をいただきありがとうございます。

今作もＭ様のお力添えのおかげで、クオリティが何倍も良くなったと思っております。

出版に関わっていただいた全ての皆様、そしてなにより、今作を手に取って下さった読者様に心から感謝を述べたいと思います。本当にありがとうございました。

それではまたどこかでお会いできる機会があることを心から願って――。

MF文庫J

シェーマ

2022年4月25日　初版発行
2024年11月25日　18版発行

著者　三月みどり
原作・監修　Chinozo
発行者　山下直久
発行　株式会社KADOKAWA
〒102-8177 東京都千代田区富士見2-13-3
0570-002-301（ナビダイヤル）

印刷　株式会社KADOKAWA
製本　株式会社KADOKAWA

Printed in Japan　ISBN 978-4-04-681363-3 C0193

【ファンレター、作品のご感想をお待ちしています】
〒102-0071 東京都千代田区富士見2-13-12
株式会社KADOKAWA　MF文庫J編集部気付「三月みどり先生」係　「アルセチカ先生」係　「Chinozo先生」係